意林

公元787年，唐封疆大吏马总集诸子精华，编著成《意林》一书6卷，流传至今

意林：始于公元787年，距今1200余年

意林®轻文库

青春最美，梦想出发

中国式好看轻小说优鲜品牌

意林轻文库 | 萌宠系 守护系列 001

任玉瑶 著

乖，亲爱的星星少女①

吉林摄影出版社
·长春·

图书在版编目（CIP）数据

乖，亲爱的星星少女. ① / 任玉瑶著. -- 长春：吉林摄影出版社, 2018.10

（意林·轻文库. 萌宠系守护系列）

ISBN 978-7-5498-3824-0

Ⅰ. ①乖… Ⅱ. ①任… Ⅲ. ①长篇小说—中国—当代 Ⅳ. ①I247.5

中国版本图书馆CIP数据核字(2018)第235356号

乖，亲爱的星星少女①

GUAI，QIN’AI DE XINGXING SHAONÜ①

著　　者	任玉瑶
出 版 人	孙洪军
总 策 划	安　雅　张　星
责任编辑	李　彬
图书统筹	筱　唯
特约编辑	朱　会
绘　　图	清　茗
书籍装帧	胡静梅
图书设计	王周益
开　　本	880mm × 1230mm　1/32
字　　数	300千字
印　　张	7.5
版　　次	2018年10月第1版
印　　次	2018年10月第1次印刷

出　　版	吉林摄影出版社
发　　行	吉林摄影出版社
地　　址	长春市泰来街1825号 邮编：130062
电　　话	总编办：0431-86012616 发行科：0431-86012602
网　　址	www.jlsycbs.net
经　　销	全国各地新华书店
印　　刷	天津中印联印务有限公司

书　　号　ISBN 978-7-5498-3824-0　　　**定价**：29.90元

目录 Contents

第一章 就像光，遇见影

以前，很久以前。

有一只叫罗伯特的兔子，和族人住在一个覆满白雪的山谷里。

兔子们每天早出晚归，为储存食物而忙碌。

他们开口闭口所谈的，都是如何找到更多的食物，以及如何将食物做得更美味。

兔子罗伯特觉得无聊透了。

『我对这些都没有兴趣。』他对伙伴们说。

伙伴们觉得罗伯特一定是疯了。

海星坐在图书馆门口的长椅上，秋日的阳光透过头顶的树叶缝隙如金沙一般细碎地落下来，映着她白皙的脸庞如新生儿一般明亮。

她百无聊赖地看着朋友圈里一则名叫“兔子罗伯特”的绘本故事。作者画工不错，那只兔子有种自以为是的成熟，显得非常蠢萌。

海星看得入神，手机却“嗡嗡嗡”地响起来，屏幕上方炸出无数条信息，她不得不中断阅读，打开突然开始活跃起来的“澄景校园电视台”微信群。

群里似乎在组织一项活动，连绵不绝的“+1”不断出现在她眼前。她好奇地敲下一行字：你们在报名参加什么活动啊？很快就湮灭在更多的“+1”中。

最后是校园电视台的台长纪文泽出来主持大局：我看，就让海星去，好不好？

抗议声如潮水般从四面八方涌来。

凭什么啊？台长你搞黑幕吗？

就是就是……

很多人都盼望着这个机会呢，你却连公平抽奖都不肯。

……

纪文泽发出一个摊手的表情：我这就是抽奖，整个微信群里的女生就海星一个人没报名，所以她中奖了。

捧着手机的海星目瞪口呆，实在不明白到底是什么大奖砸到她头上了。

纪文泽是个急性子，见海星迟迟没有回复，直接给她私聊了一条语音过来。海星还没来得及听语音的内容，便被人拎了起来。

“程葵！你终于出来了！我等得都快急死了！”见程葵从图书

馆出来，海星一把抱住她，撒娇道。

事实上，她也不过坐在这儿等了五分钟而已。

程葵习惯了闺蜜的“浮夸”，扯了扯嘴角，不予置评。

作为年级前五名的固定班底，程葵总是给人一种死气沉沉的感觉，除了因为她一身的书卷气，还和她单调的着装，以及长年累月戴着的黑框眼镜有关。

程葵不爱花心思在自己身上，在她看来，与其每天花时间打扮自己，还不如用来多看看书。

一开始，她还试图邀请海星一同去图书馆，没过几天，海星的新鲜感过了，便经常找理由放程葵的鸽子。今天早上，程葵好不容易说动海星踏进图书馆的大门，没想到，她在书架之间走了两圈就说自己头晕目眩想出去透透气。

程葵怕她有事，匆忙借了几本书出来，结果发现海星坐在门口长椅上悠闲地玩着手机，哪有一点儿不舒服的迹象？

不得不承认，海星真不是学习的料。

在高手如云的澄景高中，海星勤勤恳恳地学习，成绩也只能勉强维持在班级中下游。程葵无数次给她讲题讲到崩溃时总会怀疑道：“海星，你到底怎么进的澄景？”

海星也很郁闷，想了想只好自嘲：“没准……他们看我长得漂亮？”程葵虽然知道海星在开玩笑，但她不能否认，在学习上没有天分的海星，的确有着一张甜美又清新的脸，每次笑起来，还会露出两个浅浅的梨窝，轻易就成为人群中最醒目的发光体。

“海星！你不是说你身体不舒服，想透透气吗？”程葵捋了捋额前被微风吹乱的刘海，板着脸问道。

“哎呀，不要生气嘛，我刚刚的确是不舒服啊！不过见到你就

好了。”海星满脸堆笑，讨好地回答。

程葵了解海星，知道她这种笑容下肯定没藏什么好事。

果真，下一秒，海星双手合十，诚恳地请求道：“程葵，能不能拜托你帮我一下，就一小下？”

程葵见海星故作可怜的样子，不用想都知道她的作业又写不完了。

进入高二后，文理开始分科，程葵选了理科，海星不假思索就尾随她选了理科，也不管自己的化学元素周期表能不能背全。上课时浑浑噩噩也就算了，做作业时简直是抓瞎，各科试卷如雪花一般倾轧而下，海星每次都要写到哭，还是写不完。

程葵叹了口气，无奈道：“海星，你不能总是依赖我，如果你实在学不来理科，现在转文科还来得及……”

“不行，学文科我也搞不定历史、地理那些内容。”海星还想继续软磨硬泡，手机却在这个时候响了起来。

纪文泽发完语音后，左等右等，还是没有等到海星的回复，索性直接打电话过来：“海星啊……我可是顶着被全电视台的女生嫌弃的压力，把这个超级美差交给你了。你赶紧去演播室，我约了顾循做访谈，提纲都写好了。一会儿我把提纲发给你，抓紧时间熟悉一下，别给我丢人。”

纪文泽说完便挂了电话，而海星则愣了好久才反应过来。

她并非第一次听到“顾循”的名字，高二开学以后，全校的师生都知道从私立名校转来一位顶级资优生。

他转学的目的很明确，是为了常青藤名校每年留给澄景的两个全额奖学金录取名额。

这个名额，程葵也心心念念着。

顾循转到高二（3）班的第一天，程葵就想去看一下竞争对手的庐山真面目，却扑了个空，只看到桌牌上的名字：顾循。

想到这儿，海星脑中灵光一闪，急忙拉住正要往教室走的程葵：“顾循好像在演播室，你……要不要去电视台看一下？”

程葵明显一愣：“是那个学霸顾循？”

“还会有第二个顾循吗？”

一向矜持的程葵，脸上竟然浮现一抹绯红。她略为尴尬地低下头，藏住期待的目光，语气却是淡淡的：“嗯……反正我也没事，去膜拜一下大神也无妨。”

海星没有注意到程葵的小情绪，当下开心地一把抱住她，嬉皮笑脸道：“那么，作业……”

程葵顿住脚，思虑再三，将习题册递给海星，叹了口气：“你就在这里抄吧，别让人看见，影响不好，我去电视台了。”

“去吧，去吧。”海星接过习题册，朝程葵挥了挥手，趴在长椅上开始补昨天没写完的作业，将纪文泽的委托完全抛到了脑后。

每次抄作业时海星总会自责地想：这样真的不行。抄着抄着她就想甩掉笔，尝试自己去解一次方程式。可是以她的速度，似乎真的很难追上澄景的进度。她不想因为没完成作业而被叫家长，更不想在同学面前丢脸。

所以，她只能选择这种“捷径”。

午后的教室空旷而安静，被日光浸染的墙壁上规规矩矩地挂着装裱着的名言警句，秋日的微风穿堂而过，将海水蓝的窗帘鼓成帆的形状。

顾循斜倚在窗前，借着和煦的日光看完了《高中物理奥赛讲义》的最后一页，合上书时，刚好是下午一点整。

光线深深浅浅地印刻在他棱角分明的脸庞上，清秀的五官透出一丝冷漠。

他弯了弯嘴角，将校服拉链拉到校规所规定的最高位置，抬手看了一下时间，在脑海里有条不紊地计算着：从教室到图书馆，十分钟；借书，十分钟；从图书馆到学校的电视台，十分钟，一共三十分钟。访谈约在下午一点半，现在出发刚刚好。

他的行程就如他的人生一般精确，分毫不差。

十六岁的顾循，几乎集合了学霸必备的所有优秀素养，比如冷静，比如克制，再比如守时。每年夏天台风来袭，降雨异常凶猛，一旦积水稍深，便有人以出行不便为由迟到或请假。而无论天气多么恶劣，顾循都会准时出现在教室。班主任不止一次赞赏过他，各科老师也对他青睐有加，可顾循并不认为这是多大的事。他的父亲，云浅市律师协会会长顾远淮，有更光辉的事迹。

顾远淮曾在临开庭时在法院门口被对方当事人家属持刀刺伤，法院建议休庭，可他却果断拒绝了，简单处理了一下伤口就继续出庭辩护，堪称律师界守时敬业的典范。

顾循觉得，老爸才是自己的偶像。

还未到下午的上课时间，校园甬道寂静无人，天空澄静而深远。澄景里随处可见高大的紫荆树，巨大的树冠中缀满了水红色的花朵，美得招摇而放肆。

顾循刚把单车停靠到图书馆门口，身后突然传来一阵窸窸窣窣的声音，让他下意识地停下脚步。

顾循转过头，循声望去，紫荆树下的长椅旁蹲着一个娇小的女生。

女生绑了时下流行的半丸子头，还俏皮地用藕粉色的蕾丝蝴蝶结装饰了一下，虽然按规定穿着宽松的校服，袖口却别出心裁地贴着几个卡通布贴，乳白色的娃娃假领露在校服外面。

女生蹲了一会儿，起身弯下腰捶了捶发麻的双腿，脚下的落叶也随之发出簌簌的声响。她呆站了两秒，随后从口袋里掏出手机，高举着，看样子是在自拍。在变换了各种角度之后，不知是发现了什么，非常响亮地发出了一声“天哪！”

顾循不自觉地皱了皱眉。

他刚想离开，却不经意地瞥见女生身旁长椅上摊开的两本习题册。一本字迹娟秀，页面从左到右填写得满满当当，另一本只写了短短几行，涂涂改改许多次，望上去乌黑一片。因为从小到大一直被当作抄袭的对象，顾循对这一幕了然于心。

他淡淡地收回视线，假装什么都没看到，目不斜视地走进图书馆。

澄景高中的图书馆颇有些年头，经历时间洗礼后文化底蕴愈显厚重。青葱掩映下的石墙挂满爬山虎，微风轻柔地穿过古旧的雕花窗棂，已被磨得发亮的木质地板上，可以清晰地映出人影。

即使在休息时间，这里也不乏认真学习的学生。安静的空气中，弥漫着书本特有的香气，这是顾循习以为常的氛围，从容、平和。

他从书架上信手抽出一本书。书架正对着敞开的窗户，稍稍抬眼就可以看见外面的景象。

秋日的风吹过，甬道上落了一层水红色的紫荆花，像是下过一场花雨。而那个女生蹲在地上寸步未移，只是伸手拨弄了一下沾有花瓣的头发，继续举着手机“顾影自怜”。

她一张巴掌脸，下巴尖尖，侧影起伏犹如一幅绝美的油画作品，可落在顾循眼里，只是空有其表的“花瓶”。他无法想象，一个人要有多自恋才能坚持不懈地摆拍这么久。

手机在口袋里振动了一下，他收回视线。刚打开屏幕，纪文泽的消息就跳出来：顾循，对不起啊！大学那边临时通知要来面试，我也想不到他们早不来晚不来非得这时候来。今天不能亲自接待你了。

纪文泽高三了，是常青藤名校今年考察的两名全额奖学金对象之一。对这个成绩出众、人缘广的学长，顾循打心眼里保持着三分敬意。前几天的辩论联赛，以顾循为队长的澄景辩论团得了市级奖项，他也因此成为澄景冉冉升起的一颗新星。

纪文泽不愧身为校园电视台的台长，新闻嗅觉敏锐，立即对“新晋学霸”发出了热情的邀请，希望他“能给广大的学弟、学妹补上重要一课”。顾循稍加犹豫，便答应了。

纪文泽跟谁都是自来熟，道歉之后，直接打来电话打趣道：“虽然我不能亲自接待你，但我安排了学妹给你做采访，够意思吧？”

“学妹？”

“高二（17）班的，你见了肯定喜欢，如果你想要她的联系方式，我……”

不等纪文泽说完，顾循就挂了电话。

走出图书馆时，顾循不自觉地瞟了一眼门口的长椅。不出所料，女生依旧在那里摆拍，习题册摊在面前，一个字都没多写。

大概是感受到了背后的视线，女生下意识地转过头，在看到顾循的那一刻，像突然发现救星一样几步跑到单车前，扶住车把叫了他一声：“那个……”

顾循被突然凑近的脸庞惊得倒退一步，环顾四周，确定没有别人，只好不情愿地指指自己：“你……叫我？”

“你能帮我……”

“不帮！”

可能是因为跑得有些急，女生额角沁出一层细密的汗珠，胸口微微起伏。这样楚楚可怜的模样，换作任何一个男生都会答应她的求助。可是之前的那一幕深深印在顾循心中，他对眼前的女生全无好感，果断堵住接下来可能会出现的麻烦，跨上单车，头也不回地离开。

海星怔怔地立在原地，久久不能回神。

海星赶到演播室门口时，电视台的女生们差不多到齐了，正三三两两地靠在走廊的栏杆上聊着天，眼睛却忍不住透过玻璃窗往演播室里面瞟。很明显，她们都是来膜拜顾循的。海星看了一眼时间，发现迟到了半个多小时。她只觉不好，想着一会儿见到顾循后一定要诚恳地向他道歉，再解释一下迟到的原因。她站在演播室门口，深呼吸了一下，刚想推门进去，身后却响起熟悉的声音。

海星转过头，正对上卢贝贝不怀好意的笑脸。

卢贝贝是隔壁（16）班的女生，留着齐肩短发，柔软如缎，五官清妍而柔美，一双笑眼流露出狡黠。与海星那种光芒四射的甜美不同，卢贝贝看起来特别温柔无害，是标准的古典美女。

大概每个学校里都会有这样势均力敌的两个女生，因为外表出众程度不分上下而被不停比较。当事人虽然嘴上不说，心中却难免存有芥蒂。此刻，卢贝贝像看好戏般打量着海星，嘴角勾起一抹嘲笑：“纪文泽好不容易请来顾循做访谈，你竟然耍大牌，生生迟到了半个多小时！果真啊，‘差生’就是不懂守时。”

海星沉住气，望向卢贝贝，发现她头上竟然多出了一副珍珠发箍。莹白的珍珠在日光下散发着熠熠光彩，与洁白的衬衣衣领相得益彰，衬得她的皮肤比旁人更加白皙，眉目更加温柔。但澄景高中的校规里规定了女生不能戴任何饰品。卢贝贝的打扮虽别致，却不合规。

海星轻轻笑道：“贝贝，这个珍珠发箍很漂亮呢！”

卢贝贝挑了挑眉，不屑地说：“有明星戴过这个款式，都成爆款了，我好不容易才抢到。”

“可是……校规里明确提到不让女生戴首饰的啊！”

“刘海太长，我总要想办法箍起来。”卢贝贝笑了一下，不动声色地指出海星的破绽，“你不扎头发可以吗？校规里也有说哦！”

“我这是……”海星还想和她争辩，却见程葵面无表情地走了过来。

海星知道，程葵生气了。

她急忙凑上前，讨好似的求饶道：“我不是故意让你等这么久的，实在是太倒霉，补作业时，有小鸟在我头上拉了一坨便便。”海星无奈地指了指自己的脑袋，很认真地回忆着当时的情景，“我感觉头顶一凉，就知道中奖了，但是又不敢伸手去摸，只好拿手机照了好久，最后还求了路人帮忙。天哪！那只蠢鸟竟然拉在我的后脑勺儿上！害我去厕所洗了半天！”

程葵扯了扯嘴角，无奈地叹了一口气：“那也不至于迟到得这么离谱吧？”

“我去小卖部买了瓶洗发水。”海星欲哭无泪，“可是……我感觉现在还是一头鸟屎味。”她实在是恨死那只蠢鸟了，不但让她洗了好几遍头发，还令她迟到。海星一边叹气，一边看手机里纪文泽发来的访谈提纲。

纪文泽发来的提纲只有寥寥几个问题，一看就是临时从网上抄下来的，连基本的受访人姓名都没注明。海星皱了皱眉头，头也不抬地问道：“程葵，你知道顾循的‘xun’是哪个‘xun’吗？是不是‘徇私枉法’的那个‘徇’？”

“对不起，你说‘循绳墨而不颇’的‘循’，比较顺耳一些。”一个出其不意的声音在她头顶响起，声音里有一股拒人于千里之外的清冷。海星诧异地抬眼，一个似曾相识的男生出现在她眼前。

男生戴着一副黑框眼镜，日光给他周身都晕上一层淡淡的光圈，好像偶像剧中走出的男主角。即使他穿着毫无版型可言的单调校服，仍旧显得挺拔有型。无论从哪个角度看，这都是一个极其好看的男生，然而顾循的好看并不平易近人，镜片后一双墨黑而狭长的眼睛，看向人时总带着出其不意的压迫感。

再笨的人也该知道他是谁了。

海星一时没反应过来，她凝视着男生，一脸困惑：“循什么而不什么？”

“举贤而授能兮，循绳墨而不颇。”

“举什么而什么？”

“举贤而授能兮，循绳墨而不颇。”男生蹙眉，倏地抬眼，重复了一遍，“这句话出自《离骚》，不是课本里就有的吗？”

男生冷淡的眼神里透出一丝嫌弃，海星低下头，避开他的视线。

她认真回想了一下，发现自己虽然有印象，却对这篇文章的内容一无所知，犹豫了一会儿，还是忍不住发问：“那么，这句……对不起，我又忘记怎么念了……究竟是什么意思？”

顾循有点儿不耐烦，深吸一口气，望向面前的女生。女生皱着眉认真思索的样子并不像是搭讪。她是真的很无知。

“循绳墨而不颇。”一旁的程葵实在看不下去，拽了拽海星的衣角，低声提示，“意思是遵循法度，毫无偏差。”

“啊……对，我想起来了！”海星绽放了一个大大的笑容，长

呼一口气。下一秒，她像突然反应过来一样，睁大了眼睛，“你是刚刚在图书馆门口的那个男生？”

顾循直接无视了她的疑问，丢下一句“我要回教室了”便转身离开。海星急忙跑到他面前，不安地解释道：“实在是对不起，我今天不是故意迟到的，我……”

“我不听借口。”不等她说完，顾循就冷冷打断，嫌弃地拨开她往楼梯方向走去。

海星不死心地追了上去，扯着顾循的衣袖恳求道：“对不起，对不起。能不能再给我一次机会？”

“你看看现在几点了。”顾循头也不回，“我不像你那么有空，我要回去上课了。”

准确地说，海星迟到了 37 分 48 秒。

在这不长不短的时间里，顾循独自坐在演播室的沙发上，接受外面女生们好奇的打量。这种感觉，让他很不舒服。他觉得自己像一只动物园里被围观的动物，还是免费的。如果不是看在纪文泽的面子上，他早就甩手离开了。

37 分 48 秒后，他觉得，就算是纪文泽，这个面子也给得够足了。他走出演播室时，恰好和姗姗来迟的海星撞了个正着，在这个女生身上，顾循对澄景的招生水准产生了强烈质疑。他最讨厌的就是这种以为靠着外表就能所向披靡的无知少女。女生们聚在走廊一头，窃窃私语却不敢靠近，卢贝贝也是一副看好戏的模样。

海星不想放弃，她知道自己迟到不对，但是她好脾气地道歉了，而顾循还是不领情：“你到底要怎样？”

“不怎样，就是没空给你们做访谈了。”

“那我没办法跟纪文泽交差啊！”

“和我有关系吗？”

“你……”海星没有想到传说中的学霸竟然这么不近人情，当下气得说不出话来，扯着衣袖的手越发用力。

顾循低头看了看，微微皱眉，他实在不清楚为何一个女生的脸皮能够厚到如此地步。

他懒得废话，伸手试图拨开她，却误碰到海星露在校服外的假领，手过之处，竟然连衣领一并扯了下来。

顾循盯着自己手中的乳白色的娃娃假领，现场气氛一下子凝固了。

他觉得自己这辈子都没这么后悔过。

周三下午第一节课是整个高二理科班共上的体育课，这节课不设老师，主要是让学生去操场上自由活动，缓解一下学习压力。

但作为国家级重点高中的学生，大多数学生还是很自觉地放弃了休息时间，继续坐在教室里背书、刷试卷。

顾循低着头在草稿纸上演算着方程式，一刻都没有停歇。他怕自己稍有分神就会想起演播室外那悔恨终身的一幕。

这几天，经过同学们口口相传的发酵，顾循和海星的名字被强行捆绑登上了澄景的八卦头条。

纪文泽当晚就发来了消息：兄弟，没想到啊！速度够快的！

是个误会……

别解释了，我懂你！

纪文泽一连发了好几个坏笑的表情，顾循一脸无奈，放下手机，删掉了自己在微信输入栏的解释。

做完试卷的最后一道大题，口袋里的手机微微振动了一下，顾循扫了一眼，发现又是那串熟悉的号码。他扯了扯嘴角，不想理会，可手机又不屈不挠地振动了几次。

顾循懒得去看，他知道，即使他一个字都不回复，海星也会坚持不懈地发短信骚扰他。那个女生好像从来都不懂得矜持。

事实上，顾循并不是只会死读书的书呆子，他各类运动都玩得好，和男生们相处得也不错，在男生们纷纷议论学校里外貌出众的女生时，顾循虽说插不上话，但也不排斥。

有时他们非得征求他的意见，他想了半天只好说：“那个女生……似乎成绩不太好吧？”久而久之，顾循在意女生成绩的消息不胫而走，很多对他有意的女生，自知达不到要求，纷纷退避三舍。他从来没见过像海星这样美丽无脑，又不懂羞耻为何物的女生。

而他们，明明才见过两面。

过了一会儿，手机终于不再振动，顾循拿出手机，准备将短信全部删除。可是，还没等他按下删除键，教室里便响起轻微而又暧昧的起哄声。他诧异地抬头，正好撞上海星的视线。

顾循怔住了，没料到在经历上次的尴尬后，海星竟然还能堂而皇之地出现在他教室门口，笑得那么没心没肺。

他猛地站起来，冲过连绵不绝的哄笑声，不等海星反应，扯着她的袖口便往楼道走，直到确认周围再无看热闹的同学，才突然停住，嫌弃似的将她甩开。

海星一个趔趄，差点儿摔倒，她揉着手腕还来不及喊痛，就听到顾循的声音冷冷地砸下来：“海星！你知道最近他们在传你和我的闲话吗？”

“知道啊！”

“那你还来找我？”

“我们又不是他们说的那样。”海星比他还正义凛然，“纪文泽把你的手机号给了我，我只是想好好道个歉，可是你不回我短信，更不接电话……我不知道你在心虚什么？”

嗯，她说得好有道理。

顾循张了张嘴，发现自己无力反驳，顿了一会儿，叹了口气：“好吧，我接受你的道歉。但是，我希望你从此不要再来找我。”

海星没想到顾循能这么痛快地接受她的道歉，一时间竟不知道要说什么。细碎的阳光从外墙缝隙透进来，落在她的脸上，她的眼睛有点儿发热，默默地垂下头，不敢直视眼前的人，只是盯着他别在胸口的校牌出神。

“顾循”这两个字，她在心里默念了一遍又一遍。

其实，那天从演播室出来后，她将顾循埋怨了千万遍，什么“不近人情”“自私”“卑鄙小人”……她越想越气，明明自己都道歉了，可顾循还是那么不给面子。

她将自己的满腹牢骚统统发泄给了程葵，本想得到闺蜜的宽慰，却被程葵劈头盖脸地教育了一顿，因为程葵，海星终于明白“守时”对学霸的重要性。更何况，自己还亵渎了他的名字，一览无余地暴露了自己的无知……

她决定，要好好跟顾循道个歉。

然而，随着这些天话题的发酵，海星觉得自己的心态悄悄地产生了变化。她从那些好事的同学口中勾勒出了顾循全部的轮廓，知道他出身于法律世家，为人严苛，父亲是大名鼎鼎的律师顾远淮。

不知从什么时候开始，她对他竟然有了崇拜和憧憬。顾循和她之前接触的男生都不同，他自信、坚定，周身散发着夺目的光芒。可是他的目光从不为任何一个女生停留，即使落到她身上，眼角和眉梢也满是嘲讽。

她感到了深深的挫败。

看出海星的窘迫，顾循的眉心松动了一些，语气不自觉地软下来："虽然我的话有些伤人，但是……我不希望你对我有什么不切实际的想法。"他犹豫了一会儿，接下来的话却没有一点儿温度，"海星，你是我最不欣赏的那种女生，即使是朋友，都不想做。"

海星怔了一下，垂下头，眼睛酸胀，声音微如蚊蚋："我……真的有那么差？"

顾循还没想好如何作答，海星已经兀自进行了解读："是因为我成绩差吗？"

"算是吧……"

"这就是你讨厌我的全部原因？"

顾循本想列举她身上的一切毛病，但看她快要哭出来的样子，有些不忍，于是含糊地点了点头，算是默认了。

"好吧……"海星抬起头，吸了吸鼻子，睫毛已经蒙上了一层雾气，却又像看到了希望一样，"如果我的成绩提高了，你就没理由讨厌我了吧？"

顾循知道海星完全误解了自己的意思，刚想否认，又想到以她的能力，根本无法在成绩上实现突破。他不如顺水推舟，免得她又要哭。顾循淡淡地笑了笑："这样吧，如果你期中考试能进入年级前五十名，我会向你道歉——为我之前对你的轻视。"见海星脸上立即绽开了笑容，他急忙补充道，"但是，在此期间，你别来找我。"

"嗯！"

"还有，如果你考不到那个名次，就自动消失，我们两不相欠，如何？"

“嗯！”

海星像一只听话的小狗，只会点头。

她其实对年级前五十名没什么概念，只是很单纯地认为，只要努力就可以，却忽略了自己的实际情况。

去年，澄景的高考成果并不出色，只有十三个学生考上清华大学，二十个学生进入北京大学，还有十五个学生被常青藤盟校录取，这就几乎占满了年级前五十名的名额。

海星如果有那个本事，根本不需要一直跪求程葵的帮助。所以，无论她如何努力，这场赌约，她都不可能赢。

顾循正是猜到了这一点，在一开始就给了海星一个无法完成的任务。见海星毫不犹豫地应下来，顾循松了一口气，他一步步倒退，双手交叉在胸前做出一个拒绝的手势：“那么，我先回教室了，你不要跟来，被看到了影响不好。”

海星点了点头，没有说话。顾循转过身背对着她挥挥手，步履匆匆，一会儿便消失在走廊尽头。

下课铃声响起，楼道里顿时沸腾起来。

海星深吸一口气，正打算趁乱溜回教室，身后却响起了卢贝贝得意的嘲笑声。

“真是有趣，凭你也想考进年级前五十名？”

“你偷听我和顾循说话？”海星转过头，瞧见卢贝贝眼里的讽刺分外明显。

“怎么可能？”卢贝贝表情夸张，“我只是偶然路过而已。”

“这么巧？”

“做题做得头痛，出来透透气不行吗？”

海星懒得跟她争辩，转身要走，又被卢贝贝叫住：“海星，你等等。”

“还有什么事？”

“你喜欢顾循吗？”卢贝贝语气轻松，神情却很认真，她看着海星，又问了一遍，“你是不是喜欢顾循？”

海星微微皱眉，心里纠结成一团。很明显，这个阶段，谈喜欢为时尚早。但抛出问题的人是卢贝贝，她和卢贝贝彼此之间的芥蒂也不是一天两天了，卢贝贝那点儿小心思，海星当然知道。

她突然想恶作剧一下，挫挫卢贝贝的锐气：“嗯，喜欢啊！”

听到这个答案，卢贝贝沉默良久，直到上课铃响，也没有说话。楼道里安静下来，教室里传来琅琅的读书声，把此时的寂静衬托得更加明显。海星不知道卢贝贝在想什么，她柔美的脸庞在光影下明明暗暗，好似在斟酌一件很重要的事。

“海星。”卢贝贝抬起头，眼里的冷漠越发明显，声音里也带了几分残忍，“你觉得你配吗？除了一副漂亮的外表，你还有什么？况且，澄景可不缺漂亮的女生。”

她想了想，继续道：“你知不知道，顾循根本不想给你机会，他怎么会不知道年级前五十名是什么概念？他知道你不可能完成，这样做，只是因为他根本不想再见到你。”

海星惊呆了。虽然她和卢贝贝积怨颇深，但也不过私下牢骚表面斗嘴而已，这是第一次，卢贝贝将温柔的面具摘下，露出最尖锐的一面。

海星想反驳，但仔细想想，卢贝贝的每一句话都毫无破绽。心像被细细的针扎了一下，隐隐地痛，最终她只能低下头：“可是这一切都是可以改变的，我可以慢慢变得优秀……”

“有一点，是你永远也改变不了的。”卢贝贝冷笑一声，打断海星的话，“那就是你的家庭。”

卢贝贝似乎穷尽了自己所掌握的最恶毒的字眼：“想想你住在什么地方？你爸是干什么的？想想你的家庭和他相差多少？这些话，我并不想说。可是，你不该喜欢顾循，谁让你喜欢顾循。”

卢贝贝的每个字都掷地有声，声音冷得让海星想要逃离，却动弹不得。

“海星！卢贝贝！上课时间你俩在这儿演什么戏？”难堪的沉默被一声大喝打破，高二年级主任刘华站在楼梯拐角处，叉着腰，满脸怒气。

“你们脑袋里都装了什么乱七八糟的东西？课都不上了？”刘华一个箭步冲过来，指着两个女生教训道，“刚才是谁说喜欢顾循来着？小小年纪，大庭广众之下‘喜欢’来‘喜欢’去的，当学校是你们家？也不嫌害臊。”

刘华对待学生的手段颇为严苛，在整个高二年级都出了名。海星与卢贝贝低着头，互相看了一眼，没敢开口。

“不承认是吧？不承认就都把家长叫来！”他一边说着，一边拿出随身携带的教案本，准备先将两个女生的班级、姓名记下来。

海星在开家长会时见过卢贝贝的父亲，他西装革履，皮鞋擦得锃亮，全程板着脸，有种不怒自威的严肃。

卢贝贝坐在父亲旁边，战战兢兢。听程葵说，卢贝贝的父亲是政府官员，很注重形象，乖巧漂亮的卢贝贝是他最大的骄傲，也是他最在意的形象。

海星偷偷瞄了一眼卢贝贝，果然，听到要叫家长，卢贝贝的脸“唰”地变得惨白，她死死地攥着衣角，想要稳住发抖的双手。

她突然对卢贝贝有一些同情。

海星在心里暗叹一口气，这件事虽然是由卢贝贝挑的头，但是也和自己有很大关系。如果不是自己想要恶作剧一下，也许她们就不会被刘华发现。她垂着头，沉默了一会儿，才慢腾腾地说：“刘老师，对不起，是我说的。”

非常坚定，毫不后悔的声音：“是我喜欢顾循。”

十分钟后，海星垂着头，跟着刘华来到了教师办公室。

刘华将教案本“啪”的一声扔在桌子上，抿了一口瓷杯里的茶水，直接一个电话打给了海振国，让他立刻来学校一趟。

海星乖乖地站在刘华面前，百无聊赖地绞着双手，心里默默倒数着父亲赶过来的时间。

“对不起！对不起！”半个小时后，海振国大汗淋漓地推开办公室的门，迭声道着歉，“餐馆生意太忙了，实在抽不开身，老师等急了吧？”

刘华皱着眉将海振国从头到脚打量了一遍，最后目光停在他忘记摘下的围裙上，油污之下可见几个大字：鲁花牌花生油。

细看上去，海振国的五官还算英俊，只是多年来一直和餐馆打交道，身材发福得厉害，头发油腻，宽松的短袖邋邋遢遢地罩在身上，他用手在满是油污的围裙上蹭了蹭，刚想伸手向刘华介绍一下自己，又觉得不妥，只好搓着手不安地问：“老师，我家海星犯了什么错吗？”

刘华对海振国的第一印象很差，语气也不耐烦起来：“不是犯错，是违纪！小小年纪，就敢早恋，你们做家长的难道都不管吗？”说完又觉得不妥，赶紧纠正，“哦不，是单恋，这个问题就更严重了，她自己不学好还要牵连别的同学。”

海振国脸上闪过一丝尴尬，他看了看手足无措的女儿，问道：“老师，海星她单恋谁啊？”

“我们年级成绩最好的一个男生！不仅成绩好，其他方面也非常优秀，总而言之……”

刘华话还没说完，便被海振国打断：“哎哟！不愧是我女儿，真有眼光！”语气竟然是惊喜的，“老师，既然那个男生很优秀，那我就放心了，我肯定支持海星的决定。”

刘华显然没有想到海振国会这么说，他匪夷所思地看着眼前的中年男人，男人笑得憨厚而真诚，完全不像开玩笑的样子。

“你……”刘华气急攻心，手指颤抖着指向海振国，一时间竟找不到合适的词语去指责他的看法。

海振国顺势握上刘华的手：“老师，您得空来我餐馆，我请您吃饭，就在港英小街那边，您一打听我的名字，街坊们都知道。”

刘华被海振国握得心里发毛，他瞥见海振国手背上泛光的油渍，当下气得说不出话来。他费力地抽出自己的手，背到身后。

下课铃声响起，老师们陆续回到办公室，海星松了口气，估摸着刘华的谈话也该结束了。她悄悄拉了一下父亲的衣角，示意他刹住话头。与此同时，有人从门外走进来，身影在明晃晃的日光中显得格外清晰。

“刘老师，这次的英语作业，收齐了。”顾循走到刘华面前，将一摞作业本搁在办公桌上，“没什么事的话，我先走了。”

海振国发现女儿抿着唇，一脸的不自在，仿佛意识到了什么，他大跨一步，拦住正要离开的顾循：“等等，同学，你叫什么名字啊？”

顾循不自觉地倒退一步，并未答话。

“哎呀，你紧张什么嘛，没猜错的话，你就是我女儿喜欢的那

个男生吧？”海振国笑得热情，拍了拍顾循的肩，“有空让海星带你去餐馆吃饭，就在港英小街那边，我做饭很好吃的。”

听到父亲的话，海星脑海里顿时浮现出自家餐馆那昏暗狭小的空间、破旧的桌椅、油腻的灶台和那些喧哗的客人……第一次，她从来不懂忧愁的心里隐隐浮上了一种奇怪的情绪，脸上像被狠狠打了一记耳光，有种莫名其妙的羞耻感。

这种情绪蔓延得很快，它从卢贝贝的话语里滋生，在海振国不合时宜的热情里疯长。海星抬起头，看着父亲罩着油腻的围裙熟络地拍着顾循的肩，而顾循却一副不自然的模样，终于理解了卢贝贝所谓的“家庭”。

那是她与顾循隔山隔海的落差所在。

顾循不着痕迹地侧了侧身，礼貌地拒绝了海振国的邀请：“叔叔，谢谢你的好意，马上就要期中考试了，就不过去了。”

海振国还想说些什么，见女儿脸色越来越差，想了想，还是止住了话头。

顾循没有理会海星，抬脚就往门外走。海振国压低声音叮嘱海星：“有空一定要带你同学去家里坐坐啊，这个男生爸爸很喜欢。”

“爸爸，别说了。”海星闷声闷气地打断了父亲。

刘华实在看不下去了，敢情海振国根本没把他这个老师放在眼里。他拔高了声音，整个办公室都能听到他的奚落：“海先生，请你不要变相忽略海星的问题。我从教这么多年，从来没有学生敢当着我的面承认自己单恋，她这么有勇气，你做家长的功不可没……”

办公室里发出轻微的嗤笑声，海振国脸上的笑意全然消失。

“顾循高一时就考出了115分的托福成绩，你女儿呢？据我所知，连复杂点儿的长句都组不出来吧？她自甘堕落也就算了，可别带坏了我们的好学生！”

顾循的背影微微一顿，继而转过头，对刘华说：“刘老师，差点儿忘了，上次月考的英语作文，题目有点儿生僻，我想请教一下您，您现在有时间吗？”

“有有有。”一听自己的得意门生有问题请教，刘华也顾不上刁难海家父女，“今天先这样，海先生您可以回去了，还是希望您能多监督一下海星，让她一切以学业为重。海星你写个检查，明天交上来。”

海振国如释重负，领着女儿一边鞠躬一边离开办公室。离开时，海星似乎看见顾循抬起视线，淡淡地瞥了她一眼，一如既往地陌生，没有一丝多余的情感。

出了办公室，海振国长叹一口气，揽过女儿的肩，目光触到她血红的面色，苦笑了一下：“海星，都怪爸爸不会说话，让你难堪了。咱们不跟那个老师一般见识，爸爸不认为你喜欢一个男生有什么错，爸爸相信你。”

“爸，其实事情不是你想的那样……”海星嗫嚅着，“对不起，让你丢人了。”

“没有没有。只要是你认为对的事情，就去做，爸爸永远支持你。”海振国拍拍她的肩膀，“学习的事，你慢慢来。毕竟爸爸是个粗人，没能给你一个好脑瓜。”

海星还想说什么，但望着海振国那张明显受挫却强装轻松的脸，把话咽了回去。

晚自习结束时已是九点，按照澄景高中的校规，晚自习结束之后，学生可以自行选择上一个小时的夜自习。有一肚子委屈的海星在教室里如坐针毡，晚自习结束之后便拎着书包跑到程葵的教室门口，想等她一起回家。

出乎意料，每天雷打不动坚持夜自习的程葵早就收拾好了书包，一副只等海星来诉苦的样子。

“我就知道你会来找我。”程葵走出教室，揉揉疲惫的眼睛，“海星啊，今天你又出名了。”

“是指我在刘老师面前承认喜欢顾循的事？”海星一脸哭相，撇着嘴强忍着想哭的冲动。

“不，是刘老师在你爸面前狠狠羞辱你的事。”程葵轻轻拍了拍海星的肩，“没事的，不要理会他，全学校都知道他嘴巴坏得没边没际。”

海星的眼睛一下就红了，几乎想抱住程葵大哭一场。可是，她还是努力扯出一个笑容，像是安慰自己一般：“没事了，都过去了。”

出了校门，身后“澄景高中”四个大字在夜色中熠熠生辉。直至离远，那股无形的压力才逐渐消散。海星和程葵扶着单车慢慢走着，夜幕下，整个街道都沉浸在安静祥和的气氛中，沿路仅余照明的夜灯，身侧的草丛里，小虫鸣叫声三三两两。这样的氛围，其实很容易袒露心事。

海星花了很大的力气，才整理好今天发生的一切，斟词酌句地讲给了程葵，程葵静默了一会儿，忽然问：“所以，卢贝贝觉得我们出身很低？”

“重点不是这个好吗？”

“那是什么？”

“我也不知道。”海星想了一下，闷闷地说，“就是心里特别不舒服，可能是因为顾循……”

“海星……”程葵打断她的话，扯了扯肩上的书包带，语气平静，“其实卢贝贝说得对，我们这种人，本身就不配产生太多不切实际的想法。”

海星没想到程葵竟然说出这样的话，一时间怔在原地。

“或许你被保护得太好，所以一直生活在自己的小世界里，看不清外界的现实。”程葵缓慢却清晰地说下去，“我这么拼命地学习，就是想有朝一日能逃离那里。”

“那里”是有名字的，叫作港英小街。

港英小街距澄景并不远，扶着单车慢慢走上半个小时，属于港英小街的地标建筑“港英大楼”就浮现在视野里。

这里历史颇为悠久，因为太悠久而显得格外破旧。当城市以惊人的速度向四面八方扩张之后，留给港英小街的就只剩一群无力跟上房价上涨速度的老百姓。他们盘踞在十三层高的港英大楼里，从事收入微薄的工作。

港英大楼年久失修，外墙早已辨不清颜色，瓷片不时簌簌下落，自几年前就被政府列进危楼改造项目中，却因补偿款一直谈不拢而搁置至今。

这就是海星与程葵生存的真相。

海振国在港英大楼的底层租了一间店面开餐馆，他为人热情，菜的分量足价格低，生意一直很好。靠着这家餐馆，海振国一家也算衣食无忧。他又是远近闻名的宠女狂魔，虽然不富裕，但物质上从不亏待女儿，海星养成懵懂无知的个性并非偶然。

而程葵的处境很糟，她的父母都有先天性的肢体残疾，常年靠领政府的救济金度日。钱肯定是不够用的，偏偏程葵的父亲程向明还有些不合时宜的清高，对残联安排的福利性工作挑三拣四，稍不如意便甩手不干，连累程葵一年到头总是欠着学校的各种费用，最后都靠住在对门的海振国帮着交上。

港英大楼的金字招牌早已污浊不堪，楼梯入口处堆满了垃圾纸屑，每次海星经过时，总会捂着鼻子，冬天还好，一到夏天，入口处便会散发难闻的气味。

楼道的灯泡都被一个不剩地拧走了，电梯早已出了故障，派不上用场。居民们舍不得用电，整幢楼常年浸在死气沉沉的昏暗之中。海星和程葵将单车停好，去餐馆跟还在忙碌的父母打了声招呼，借着手机屏幕微弱的光亮，摸索着上了楼。

到了八楼，海星刚从书包里拿出钥匙打开门锁，便听见身后程葵家大门打开的声音。

几乎是同一时间，一个酒瓶划过空气，擦着海星的右肩，撞在了斑驳的墙壁上，在昏暗的空间里炸出星星点点的碎片。

海星吓得愣在原地，一颗心还未放下，就听到身后传来程葵竭力的惊呼："爸爸！你又喝酒了？"

程向明倚在门口，四十来岁的年纪，头发却几近花白，因为常年酗酒，眼睛总是雾蒙蒙的。他的左腿丧失了功能，又要面子不肯拄拐杖，清醒时还能勉强站一会儿，一旦喝醉，就跟烂泥似的，可以瘫在任何一个角落。

程葵的家里只亮了一盏昏黄的灯，从卧室里隐约传来母亲低声的抽泣，整个屋子都弥漫着熏人的酒气。程向明直愣愣地盯着程葵，不理会她刚才说的话，抬起一根手指兀自指着她的脸，嘴里不干不净地咒骂着："钱钱钱！一天到晚就跟老子要钱！老子又不是开银行的！这辈子就被你们两个灾星拖垮了！”

程葵对他的脾气习以为常，并没有反驳，低头看见一地的碎玻璃，默默走到门口，拿出工具准备清理干净。

程向明在女儿这里吃了瘪，一拐一拐地走上前，夺下程葵的扫把：“怎么？连你都看不起老子？这么多年的饭菜都喂狗了！你现在上高中了吧？九年义务教育也完成了，明天去跟老师说，你不上学了，你要出去打工报答父母！”程向明耷拉着脑袋，嘴里喷出的酒气让程葵反胃。

海星被他的蛮横无理激怒，走到程向明面前想要好好理论一番，身旁伸出的手默然却有力地拉住了她。程葵眼里含着泪，她强忍难过，微笑而执拗地对海星摇摇头。

“算了。”她小声说，“别跟他计较。”

程向明还兀自叫骂着什么，一句一句像刀子般划过程葵的心。她倏地拉起海星的手，飞奔下楼。

一级级灰色的楼梯，一扇扇发黑生锈的铁门，一粒粒污浊的尘土，在她们身后纷纷掠过，如果这样奔跑，就能将生活中所有的不堪、不愿都抛在身后，就好了。

当时，海星望着程葵那张流泪却倔强的脸，心里就是这么想的。

深夜的港英小街，稀稀拉拉的星星挂在头顶，像黑丝绒上零碎的钻石，清清冷冷地泛着光，周围极其安静，静得能听到彼此的心跳声。程葵和海星坐在港英大楼后面的街道旁，许久都没有说话。

海星侧着脸，望着将头埋进膝盖的程葵，一直等着她主动倾诉内心的难过，发发牢骚，抑或是哭一场，都好。

漫长的等待过后，程葵抬起头，深吸一口气，盯着破败的街道擦了擦眼角残留的泪水。

她的眼里有难以言说的无奈，语气却像“去校门口买杯奶茶”一样平常：“海星，我必须赚点儿钱了。”

“赚钱？”海星吓了一跳，“你还未满十六岁啊，能干什么工作？再说现在学习这么紧张，你如果因为赚钱影响成绩怎么办？”

程葵笑了笑：“我要用我的成绩赚钱。”

“用成绩赚钱？”海星疑惑道。

“帮人……作弊呗。”程葵皱着眉头解释，“他们想保送，要靠成绩做资本啊！”

每年，澄景高中的名气都能让不少大学伸来保送的橄榄枝。这几年，“暗箱操作”的空间越来越小，即使有纨绔子弟想走捷径，也不得不拿出硬性资本，比如平时一些重要考试的成绩单。海星知道程葵最不屑这种投机，如果不是因为今天的事情，她肯定不会动这种心思。

“被抓到你就死定了。”海星倒吸一口冷气，“一定还有其他办法的，你再想想，你可以辅导他们功课，还可以打点儿零工。”

“那样太慢了，而且我还不到十六岁，没有人愿意用一个童工的。”程葵叹息一声，摸摸她的头，“海星，我再也受不了从程向明手里要钱了。你不是我，你不懂我的感受。”

“可是我不想你这么做。”海星摇摇头，“被别人发现，会很丢脸的。”

“海星。”程葵意味深长地纠正她，“对我来说，贫穷比丢脸更可怕。”

海星被堵得哑口无言。经过这一天，她仿佛瞬间长大了。晕眩、混乱、沮丧……各种情绪混杂在一起，严严实实地塞满了她的身心。

她突然想起小时候，只有八九岁的样子。学校放了暑假，她和程葵手牵手去友谊商场玩，那是哈根达斯入驻这个城市的第一站。她们被散发着奶香的冰淇淋吸引过去，盯着柜台里五颜六色的冰淇淋咽着口水，程葵扭过脸问她："海星，你想吃吗？"

海星当然想吃，但她小心翼翼地看了一眼价牌，用力摇了摇头："肯定和冰棍的味道差不多，我一点儿都不想吃，咱们走吧。"

程葵没说话，只是按在柜台玻璃上的双手，慢慢攥成了拳头。

三天后，程葵趁程向明出门时偷偷把海星叫了过去，递给她一个纸杯，里面装着一个草莓味儿的哈根达斯的冰淇淋球。

那是海星最喜欢的口味。

程葵胸口起伏，后背汗津津的，从商场一路跑回来，冰淇淋已经化了一半，她没舍得吃，只是不停地催促海星："快点儿吃，好贵的。"

海星惊喜片刻，又很快狐疑地问道："你哪来的钱？"

"你别管。"

"你不说，我就不吃。"

"你不吃，那我就丢掉咯。"

海星没辙，只好接过纸杯用勺子小口小口地吃起来。草莓味儿混合着浓浓的奶香，冰冰凉的，海星咂了咂嘴，将纸杯推到程葵怀里："真好吃，该你了。"

程葵"咯咯"地笑起来，额发湿漉漉地贴在脑门上，手心却因为捧着冰淇淋而冰凉。她恶作剧般用手心贴了贴海星的脸颊，换来海星一声尖叫："啊……好凉！程葵，冰淇淋快化完了，你吃不吃啦？"

程葵笑嘻嘻地接过冰淇淋，海星看着她眯着眼睛一脸幸福的模

样，也笑出了声。她没有对程葵说谢谢，这种发自内心的亲密，她相信程葵会懂。

两个稚嫩的少女，在那个炎热的下午，互相推让着分享了世界上最珍贵的美味。

暑假开学之后，海星才从其他同学口中得知，程葵熬了好几个通宵，帮班上一个男生写完了整本暑假作业，作为报酬，换来了哈根达斯。而老师在检查作业时，发现两本暑假作业的笔迹相同，几乎没费什么事儿，男生就将程葵招供出来。

程葵被老师罚站，海星趁着去厕所的工夫偷偷去她的班级瞧了瞧。程葵低着头，背着双手站在教室外面。看见海星，她抬起头，扬起一个明媚的笑容："只是罚站哦，我一点儿都没有后悔。"

那时的海星只觉得程葵骄傲又勇敢，却不曾想过她是因着与生俱来的窘境，才不得不付出更多努力去实现自己小小的愿望。

而现在，程葵要付出更大的代价，去逃离程向明，逃离这个家庭。

海星不知道自己在害怕什么，寒气与慌乱让她不由得轻轻发起抖来。她搓了搓双手，裹紧衣服："程葵，有些冷，我们回家吧。"

"嗯。"程葵站起身，拍了拍裤子上的土，仰头望着蹲在夜幕里犹如怪兽一般的港英大楼，忽然冒出一个不相干的话题，"对了，你知道这里就要拆了吗？"

顽强屹立于拆迁传闻中十几年的港英大楼，终于要拆了。

海星内心松动了一下。

与程葵不同，她从来没想过要离开这里。这里虽然破旧，却是他们一家人一直生活的地方，承载着她所有的记忆。

但她知道，城市变革的大潮，必然势不可当地覆盖这片土地。

第二章 友谊也会有倦意

山谷里面又下雪了。

罗伯特醒了，望着外面白茫茫的一片，发起了呆。

小伙伴叫他：『罗伯特，一起出门找吃的去呀！』

罗伯特摇摇头：『不，我想去做点儿更有趣的事。』

罗伯特背起行囊，离开了家。

他在无边无际的雪地里，不分昼夜地走啊走啊……

一心想找到有趣的事。

他越过高山，涉过河流，踏过深谷。

『怎么还没找到有趣的事啊？』

一个星期之后，政府的拆迁公文贴到了港英大楼门口。海星去看过，公文里的内容很清晰，不仅这栋大楼，连同整个港英小街，都会被改造，整合成一个繁荣的商业中心。

一时间，大楼里热闹起来，餐馆的生意从来没这么好过，大家似乎把这儿当作了一个临时据点，各种关于拆迁的话题在这里滋生并发酵。虽然不少老人眷恋故地不愿离开，但他们也都明白，城市改造是大势所趋，不可逆转。

期中考试逐渐逼近，海星越发焦虑，虽然卢贝贝戳破了她和顾循赌约的真相，但是海星依然想在顾循面前证明自己。能否考到年级前五十名还是小事，她实在不愿顾循站在榜单前，看到她的名字赫然列在年级倒数五十名之内。

海星双手托腮，百无聊赖地望着黑板上化学老师留下的方程式。密密麻麻的化学符号仿佛在向她叫嚣，她在草稿纸上演算了好几遍也没有得出正确答案，索性把笔一扔，趴在桌子上开始神游。

那晚过后，程葵再未提过“作弊”这件事，只不过，她泡在图书馆的时间越来越长，神情也越来越疲惫。

“唉……”海星长叹一声。

还没上晚自习，班里有同学偷偷拿出手机看时下热播的综艺节目，不时发出的笑声让海星心烦，她索性抱上书本准备去图书馆复习。

黄昏时刻的图书馆，粗糙的石墙被夕阳余晖浸染得一片殷红，透过敞开的雕花窗棂，海星一眼就瞥见坐在阅览室书桌旁的程葵。她刚想开口叫程葵，却发现对面坐了一个人，那人端端正正地坐着，时不时地冲程葵点着头。

因为背对着窗户，海星看不清他的样子，但她发现程葵一改往日的淡定，神情不太自然。

海星内心的八卦之魂熊熊燃烧起来，她抱紧书本，几个箭步就蹿到阅览室，然而在看清程葵对面的男生时，不由得愣了一下。

“海星！是你！”男生似乎很高兴，先海星一步发出惊呼，招手让她过来。海星很不情愿地站在原地，撇了撇嘴。

她是知道这个男生的。

每次她路过程葵班级门口时，都能透过窗户看到他一脸谄媚地围在程葵身边。

听程葵说，这个男生叫朱鹏，是音乐特长生，每次围在她身边就是想抄她作业，还曾拜托过她帮他作弊。缠得久了，朱鹏自然而然知道了海星的存在，便时常骚扰海星，让海星帮他。搞得海星每次见到他都绕道走。

都说人如其名，可是朱鹏同学的外表和他的名字相差不是一点儿半点儿。他比同龄人胖了不止一倍，走起路来都会喘粗气，再加上明显紧凑的五官、圆润如玉盘的脸庞和松松垮垮的校服，活脱脱一个随时可以翻滚的圆球。

朱鹏满脸堆笑，对程葵的谄媚越发明显。想到之前的种种，海星突然明白了什么。她几步走到程葵身旁，压低声音询问道:“你……不会要帮他作弊吧？”

见程葵没有理自己，海星轻轻拍了一下她的肩膀：“程葵？”

程葵没有说话，默默地开始收拾书包。

“喂，你要去哪儿？”

“回教室，上晚自习。”程葵神色平静，“不然呢？坐在这里等你告诉整个图书馆的人，说我要作弊？”

“我才不会呢！”

“那你一惊一乍的想干吗？”程葵皱了皱眉。

“我就是不想让你作弊，这样做太危险了。你辅导他功课，也可以赚补课费嘛。”

“不要不要。”朱鹮听到海星的话，急忙摆手，“我……我学不会的，还是直接给我答案比较好。”顿了顿补充道，“海星，你应该和我有共鸣啊！我们都是脑瓜不好的那种人。”

海星恼了，声音也不自觉地高了起来：“谁跟你是一种人？”

拔高的声音引来了其他同学的侧目，程葵冲他们抱歉地笑了笑，然后转过身，语气里带着一丝强硬：“海星，我们是好朋友，但好朋友之间，也应该保持一些尺度。”

说完程葵迅速背起书包，转身离开。

海星怔在原地，满脸挫败地望着程葵离开的背影，她没想到在闺蜜的心里，自己的一些举动竟然给她造成了那么大的压力。她有些沮丧，眼泪也不争气地在眼眶中打转。

朱鹮坐在椅子上，有些摸不着头脑。他和程葵的事情才谈了一半，就被海星搅了局。

“海星？”他试探地叫她，“你能不能帮我……把预付的钱给程葵？”

海星没有理他。朱鹮犹豫了一下接着说：“如果程葵答应帮我，那我明年保送音乐学院肯定没问题的。你帮我谢谢程葵，就说事成之后，我请她吃饭……”

海星心里很乱，不想跟他说话，抬脚要走。

朱鹮下意识地站起来，身后的凳子因着他身体的惯性猛地向后撤，撞到了抱着一摞书经过的管理员。虽说撞得不重，但是管理员还是吓了一跳，手一松，十几本书掉在地上，发出不小的声响。

海星慌了，急忙蹲下身，嘴里不住地道着歉，将书一本本捡起。朱鹮兀自在旁喋喋不休：“海星，你是不是讨厌我？不然为什么一句话都不和我说？我并没有恶意，只是想让你帮我一个小忙，都是同学，举手之劳还是要的嘛。”

“闭嘴！”海星忍无可忍，“你要想作弊，别拉程葵下水，她不可能答应你的！”

“你……”朱鹮自知理亏，不知如何反驳，一张圆脸涨得通红。

剑拔弩张的态势吓到了正蹲在地上捡书的管理员。管理员是个利用课余时间勤工俭学的女生，柔柔弱弱的，一看就是安静本分的好学生。

她见两个人互相瞪着对方，火药味越发强烈，急忙去休息室求助图书馆的李老师。

李老师上了年纪，在一些事上也力不从心，他在休息室里透过窗户将刚才发生的事情尽收眼底，本想睁一只眼闭一只眼，无奈听到管理员求助的敲门声，才晃晃悠悠地走了出来。

“这是怎么回事？在图书馆里寻衅滋事,你们是想被记过吧？”李老师推了推老花镜，低沉的声音里有不容置疑的威严。

听到“记过”两个字，朱鹮顿时就傻了。想要被保送的学生，是绝对不能被记过的。竞争的大军浩浩荡荡,每个人都力争完美无瑕,稍不留神就会被挤下来。

“是她先骂我的，让我闭嘴。”朱鹮一脸委屈地指着海星，“我只是想让她帮我个忙，她不理我就算了，还骂我。”

海星只觉得所有的血都往头上涌，做梦也没想到朱鹮可以把所有的事情都怪到她头上来。

如果不是朱鹮一直在强调“作弊”的事情，她也不会口不择言地让他闭嘴。她平时成绩不好，见了老师本就心生几分怯意，此时更是被冤枉得有口难言。

所幸李老师没有相信朱鹮的话，但是事出有因，海星也难辞其咎。

“不管怎么说，这件事是由你们两个人引起的，你们把这里收拾干净再走吧。”李老师指着散落一地的书补充道，“这些书都要按照图书分类，放到所属的书架上，不能出错。”

李老师走后，海星还没开口，朱鹮便推卸责任道：“再怎么说，我都没有骂你，是你把李老师招来的，理所应当是你处理这些书。我还有事，先走了。”

海星望着朱鹮迅速逃离的背影，无奈地叹一口气，蹲下身将散落一地的书一本一本地摞好，然后找到阅览室外的自助查询电脑，准备输入书名，查找相关的书架位置。没想到，电脑正在维修当中，没办法使用。

澄景图书馆的阅览室总共分三层，海星所在的二层大多是专业性十足的工具书，而那十几本书中，不但有工具书，还有散文、诗歌等青春文学类的书籍，在电脑没法使用的情况下，一本一本地对号入座，就算是对到天黑，也没办法弄完。

环顾四周，阅览室里还有不少同学，但没有人注意到她，管理员也不在，海星收回视线，心里委屈得想哭。她回到座位旁，挫败地蹲在地上。

“有时间在这里伤心，不如以后多花些时间在图书馆，就不至于连书架的位置都不清楚了。”

头顶上方响起了熟悉的声音，海星诧异地抬头：“顾循？”

“嗯。”顾循的表情无波无澜，他弯下腰抱起几本书，“这几本书是三楼和一楼的，我去放，剩下的是二楼的，你去放。”

在海星诧异的目光里，顾循已经抱着书迈开步子，一声不响地向外面走去。

“等一下……”见顾循准备离开，海星慌忙追了上去。

“你没忘记我们打赌的事吧？”顾循没回头，声音一如既往地冷漠，“成绩没出来之前，说好不能纠缠我。”

“我……我没有。”

“那你现在是？”

海星张了张口，却千头万绪无从说起，身体像被魔法禁锢住，无法动弹。她犹豫了很久，才小心翼翼地开口：“其实，我想跟你说……”

“你和那个男生的纠纷不用跟我说。”

“不是那个。”

“其他的事我也没兴趣知道。”顾循挑了挑眉，继续说，“任何人在那种情况下，我都会帮忙，你别想多了。”

“嗯，我没有多想。”海星垂下头，自嘲地笑了笑，“我只是想说一声，谢谢了啊！”

更多的声音，沉没在她的心底，坠得没一点儿回响。

最开始，她没奢望会和他产生什么联系，后来，却对他产生一点点好感。

而不知道从什么时候起，这种情绪渐渐升华，他变成她心底坚不可摧的信仰，在同学们议论起顾循时，她会窃喜，就好像他们说的，是属于她的那份宝藏。

这份宝藏，高高在上，灼灼耀眼，将她衬托得更加卑微而可怜。

深秋的夜空，如深蓝缎面一般光滑干净，紫荆树的叶片在风中窸窸窣窣，传递着一股寒意。

顾循略略回头，看见海星站在原地，整个人缩在昏暗的灯影里，垂着眼睛，睫毛覆盖住大片心事，显得非常挫败、难过。

一刹那，顾循觉得自己的心莫名就软了下去。

远处的教学楼，传来悠扬的晚自习铃声，他抑制住自己想要安慰她的冲动，将视线放在极远的地方。

“不客气。”他背对着海星挥了挥手，快步离开。

一个月后，云浅市步入冬季，澄景高中高二年级也迎来了期中考试。

作为云浅市首屈一指的重点高中，澄景从不参加多校联考，而是自主命题。由澄景自主命题的试卷一直是全市乃至全省的样卷，被其他学校反复研习。为了维护这份骄傲，澄景对考试纪律要求的严苛程度，绝不亚于中高考。

高二整个年级由电脑派号，打乱顺序，考生拿到考号之前，绝对不知道和谁坐在同一个考场。考场配备了摄像头实时监控，考生进出会由探测仪扫描全身。

在这种环境下，海星多多少少放心一些，她觉得程葵理应知难而退。

自从上次吵架后，程葵就躲着不再见海星，无论海星如何装作巧遇，或者直接去教室门口、图书馆门口堵她，她都装作看不见。

海星知道程葵的性格，如果程葵不愿意和她和好，那么她做再多，也是无用的。海星索性不再强求，想等到考试结束后，再找程葵好好地谈谈心，跟她道歉。

这么想着，海星的心情好了很多。可是，她刚走进考场就看到了坐在倒数第二排的朱鹮，他嘴里哼着歌，一副心情大好、胸有成竹的模样。

朱鹮看到海星，挑衅地翻了个白眼，从鼻子里冷哼一声。海星好不容易放松下来的心情，顿时被怒气填满。

什么嘛！怎么会有这么小心眼，还倒打一耙的男生？明明是他蛊惑程葵在先,冤枉自己在后,自己不找他麻烦就算了,他还这样……

海星越想越生气，刚想上去理论，却瞥见坐在朱鹮斜后方，最后一排的顾循。顾循安静地趴在桌子上，仿佛周围发生的事情与他无关。海星看着他微乱的发，在日光下尽显柔和的侧脸，一时间有些出神。

她实在是一种单细胞的生物，喜怒都来得容易，想到能和顾循分在一个考场，就完全将朱鹮带给她的不快抛到了脑后。

九点一到，广播里开始播放注意事项，海星慌忙入座，监考老师从前至后依次核对着每一个人的准考证，一切都在有条不紊地进行着。

然而，注意事项播放了三遍，却始终没有宣布下发试卷。没有得到允许，监考老师也不敢轻举妄动，只能站在讲台上与底下的学生们大眼瞪小眼。

尴尬的局面没有持续太久,广播里很快响起校长沉稳的声音:“请所有老师来考务办公室，我重复一遍，请所有老师来考务办公室。”末了，又补充道：“试卷暂行封存，禁止下发。”

监考老师走后，考场里响起不大不小的讨论声。海星也不知道发生了什么，但直觉让她认为此次的事和程葵脱不了干系。

十分钟后，监考老师抱着一摞试卷重新回到教室。他眉头紧锁，语气里也有一丝慌乱：“同学们，由于试卷出了一些问题，我们启用了备用的B卷，请大家安稳情绪，考试时间会合理顺延，不要紧张。”

同学们面面相觑，然而也没有人多问，拿到试卷便埋头作答。考场静得只能听到笔尖划过纸面的沙沙声。

海星将试卷从头到尾扫了一遍，第一场是自己比较擅长的语文，她并没有觉得题目有多难。

两个半小时风平浪静地过去了，除了朱鹮举手上了一趟厕所，并没发生什么事。

下午第二场是数学，也临时换上了B卷，尽管蹊跷，然而澄景的学生都非常有觉悟，绝不在考试期间去思虑无关的事。

直到第二天的最后一场理科综合考试。

如果说之前的科目，海星还能勉强应付，碰到理综她就真的傻了眼。她绞尽脑汁都弄不懂那些串联还是并联、先搁硫酸还是先搁水的题目到底在说些什么。

胡乱将选择题勾完，大题便一筹莫展了，笔尖在试卷上落下几个鬼画符似的公式，就差直接写上“我全都不会做”。

怎么会这么难？

然而考场一如既往地安静，朱鹮途中又去了一次厕所，回来经过海星身旁时，故意撞了一下她的桌子。

海星没有作声，她明显感觉到，自从第一场考试之后，朱鹮对她好似有了敌意，小小的眼睛总是恶狠狠地盯着她，弄得海星总觉得背后有一丝凉意，完全摸不着头脑。

现在，这股寒意好似更强烈了。

海星转过头，恰好对上朱鹮恶狠狠的目光，吓得她立马转了回去。可是这一举动，引来了监考老师的高度重视，在她身边来回打转。

海星本就紧张，这么一来更是引发了“肠胃应激综合征”，肚子咕噜噜叫了起来。

大概是之前的举动引起的嫌疑太大，虽然去厕所的请求被允许了，但海星身后却破天荒地跟上了两名监考老师。她也来不及多想，捂着肚子便冲进了洗手间，没过几分钟，等在外面的监考老师便发出不耐烦的询问：“这位同学，你好了没有？”

“好了好了。”海星整理好衣服后去按冲水按钮，按了几次，按钮仍旧纹丝不动。她想了想，或许是水箱出了问题，于是便顺手抬起了水箱盖板。

家里餐馆的洗手间也经常出问题，海星看父亲就是这样修理的。

监考老师见海星迟迟不出来，以防万一直接冲了进来。没想到，落入眼帘的便是这样一幕：女生两手举着水箱盖板，盖板的背面，用胶带粘着一部手机。而女生脸上的紧张与心虚，昭然若揭。

海星终于不用在那张理综试卷上绞尽脑汁了，她连考场都没回，就直接被监考老师带到了考务办公室。

收卷铃声响起，同学们如释重负，一窝蜂地冲出考场。主监考老师让顾循将试卷收齐，再将贴在课桌上的准考证依次撕下。

顾循走到海星的那张课桌旁，目光触及照片上的明媚笑脸时，脚步明显顿了一下，疑惑地皱了皱眉。

他的疑惑很快得到了答案。

顾循抱着试卷，跟在监考老师身后来到考务办公室。似乎全年级的老师都聚在这里看热闹，毕竟，澄景校风严苛，“顶风作案”的学生，并不常见。

年级主任刘华坐在椅子上，皱着眉看着面前的女生，痛心疾首：“海星啊，咱们又见面了。你真是一次比一次有胆识，我看你是不打算在澄景继续读下去了吧？”

海星低着头站着，没有说话。

刘华将手机扔在海星面前：“都知道用手机作弊了？长能耐了是吧？”

海星瞥了一眼手机，那是一部老式手机，只有基本的短信与电话功能，非常便宜。她看过一部泰国的电影，里面的天才少女就是用这种手机发送答案，帮助同学作弊的。

脑海里电光石火间掠过一个人的名字，她被自己的想法吓了一跳，颤抖着接过手机。她仔细看了看，这部老式手机背后贴着樱桃小丸子的大头贴画。

那是高二刚刚开学时，她送给程葵的。

海星明显有些慌乱，而她的反应更是引起了现场的一阵骚动。刘华夺过手机，将它扔在桌子上，恨铁不成钢地说：“不用翻了，通话记录与短信记录皆是干干净净。如果不是你做贼心虚，手机里怎么会一点儿痕迹都没有？”他不罢休地继续逼问，“说说看，你跟谁串通好作弊的？以你的成绩来看，肯定是接收答案的那方吧？”

海星咬紧下唇，仍旧保持死一般的沉默。

“以为不说话就没事了？我们会叫你家长一起去移动公司查通信记录，一查就明明白白了。如果你一直不承认，那么后果非常非常严重，懂吗？”一旁的语文老师实在看不过去，心软劝道。

见海星完全不为所动，一副死鸭子嘴硬的模样，刘华气得直接站了起来，指着海星愤怒地说：“我们临时换上 B 卷，就是因为这次的试卷密封袋有破损。监控视频显示，有一个形迹可疑的长发女生偷看了试卷。我怀疑，你跟这个偷试卷的人，有千丝万缕的联系。”

“我没有偷试卷！”这一次，海星反应非常激烈，抬起头大声重复了一遍，“我真的没有偷试卷！”

“我也没说是你偷的。”刘华看海星终于有了反应，挑了挑眉，循循善诱，“你先招认是谁跟你串通作弊，我才好继续调查。”

“我也没有作弊！”

“那手机的事情，你怎么解释？”刘华到底是老江湖，眯着眼睛缓和了语气，“只要你把知道的事情告诉我就行。”

海星垂下头，好似犹豫着要如何开口。刘华耐着性子刚想继续劝说，忽然瞥见了默默抱着试卷站在门口的顾循。

他自以为抓到了海星的要害，拔高了声音：“老师也不求你像顾循一样做个成绩好的学生，可是起码你要遵守纪律啊！你说你一个女孩子，要是被学校开除了，多丢人啊！”

开除？海星被这个词吓了一跳。

第一时间，海星想到了程葵，想到了她们一起在港英小街的日子。从小到大，无数个因为考试睡不着的夜晚都是程葵陪她度过的。程葵一直比她成熟，总像大姐姐似的照顾着她。

程葵不认输地与命运做斗争，她的奖状、她的成绩单、她急切想要逃离现状的决心……海星知道，程葵获得保送资格，是毫无悬念的一件事，也是她唯一的希望。

一旦卷入这件事，她本就摇摇欲坠的人生便会轰然崩塌。

海星握着拳头的手紧了又紧，像是做了一个很大的决定。

“就是我一个人做的。”她微垂着眼睛，睫毛上挂着大滴泪珠，“回家的路上，有一些小广告，我记了下来，又提前把手机信息和联系人都清空，方便接收答案。因为其他科目都能及格，只有理综成绩最差，没办法及格，所以只买了理综的答案。可是对方骗了我，根本就没给我发来。并没有学校里的人跟我串通作弊。”

“那我们怎么相信你说的话？”刘华背着双手，似乎在判断海星说的话的真实性。

“我只有考理综时，去了厕所，看监控就能知道。然后……”海星在校服口袋里掏了掏，掏出一张写有 QQ 号码的字条递给刘老师，“这个号码是我记下来的，对方只让我把电话告诉他，到时候他联系我，没想到……”

“没想到被骗了是吧？”刘华翻了个白眼，语气也不屑起来，“要怪就怪你不踏踏实实学习，动一些歪心思。”

刘华说着，便在笔记本电脑上输入了海星给的 QQ 号，在个性签名那一栏，赤裸裸地写着：各大重点高中，各科考试（只包括期中、期末）成绩答案，语文 200 元、数学 300 元、英语 300 元、理综 300 元……

“啪”的一声，刘华将电脑猛地扣上，眉头直接皱成了川字。他卷了卷袖子，恨铁不成钢地看着海星：“海星啊，我实在不知道如何说你了。行了，监控的问题，我自会核实，核实之后，会给你相应的处分，你先回去反省反省，别在这儿惹我心烦了。”

说着便不耐烦地挥了挥手，示意海星离开。

海星苦笑了一下，心里有些庆幸。她庆幸自己因为好奇抄下了这个 QQ 号，随手放进了校服口袋，庆幸刘华没有刨根问底。可是当她看到顾循，与他擦肩而过时，身体微微一顿。心里的那一丝庆幸，变成了无地自容的羞耻感。

在顾循心里，她已经是一个不学无术的无耻少女了吧？像是在维护自己的自尊，海星没有停留，抬起头，径直走出了办公室。

办公室外已经里三层外三层地围起了看热闹的同学。卢贝贝看见海星出来，走上前故作关心地说：“海星，没事吧？老师怎么说啊？”

海星淡淡地扫了她一眼，没有说话。

卢贝贝面子上有些挂不住，扯了扯嘴角："我也是关心你，你'作弊'的事一时间传得沸沸扬扬，虽然刘老师比较严厉，但是我想他应该不会重罚，毕竟过几天你就要主持节目了啊，这可是咱们学校的大事。刘老师应该会网开一面的。"

高二刚开学时，澄景和云浅市电视台合作开辟了一档教育栏目《开放课堂》，每期会邀请澄景的几位名师，以访谈的形式，探讨各科的学习要点和常见误区，向全国学生开放教育资源。

纪文泽办事既有效率，又全面，校长要求他负责整个节目流程，并选出校园电视台的优秀成员担任节目主持人，一来省去请知名主持人的麻烦，节省经费；二来可以锻炼校电视台成员的能力。

作为电视台的甜美担当，再加上主持素质过硬，海星毫无悬念地入选。卢贝贝虽然也在名单之列，但因为普通话不太标准，只能当备选成员。

此时，她虽然口口声声说在关心海星，却刻意提起节目的事，语气异常轻松，不免带了几分嘲讽之意。

海星本就一肚子委屈无从发泄，直接不客气地回敬道："就算我当不了主持人，也轮不到你吧？你先把普通话练好再说吧。"

卢贝贝被海星说中心事，脸涨得通红。

因为父母工作繁忙，她自小由乡下的外婆带大，直到上高中才被父母接到身边。口音虽然纠正了不少，还是有些平翘舌不分，其实并无大碍，然而电视台里的女生大多都是奔着大学里的播音主持专业而去的，吐字发声尤其专业。相对比，她的普通话自然而然就差了很多。

“普通话再好又如何？还不是一个只会‘作弊’的差生，有你这样的学生在，实在是丢澄景的脸。”卢贝贝恼羞成怒，声音也刺耳起来。

海星的大脑嗡嗡作响，见卢贝贝一副小人得志的模样，眼里生出一丝厌恶。

上一次自己在刘华面前扛了所有的过错，她不求卢贝贝领情，只求能够相安无事，不要再彼此针对。可是，这一次，卢贝贝仍旧毫不顾念地落井下石。

海星只觉厌烦，抬脚想离开，可是卢贝贝却直接一个箭步挡在她面前。这一举动直接激怒了海星，她用力将卢贝贝推开。

卢贝贝被海星这么一推,冷不丁向后退去,一不小心跌坐在地上。

围观的同学窃窃议论着，还有好事者拍下了这一幕。卢贝贝没有起身，只是不可置信地瞪大了眼睛，在压倒性的同情目光里，她忽然嘤嘤地哭了起来。

见她哭得伤心，一旁看热闹的学生不住怂恿：“去找老师，说她打人，作弊还有道理了？我们为了分数挑灯夜战，连吃饭的时间都没有，她轻轻松松就想坐享其成？”

海星咬紧下唇，无视周围人指责的声音，都到这局面了，并不差卢贝贝这一根压倒骆驼的稻草，她才不会道歉。

她有自知之明，所以从来不在意别人评价她“美丽无脑”，那么，现在也不介意再多一条“飞扬跋扈”的定义。

反正，她在澄景里已经是一个声名狼藉的存在了。

初冬黄昏残余的斜阳里，海星倔强地站在原地，看热闹的学生围在她和卢贝贝身边，窃窃私语，声音不大不小刚刚能让她听到。

“作弊”“差生”“丢脸”……这些词像一根根刺，扎入海星心里，痛得她想要逃离。

海星刚想离开，却被人从背后扯住了袖口。她转过头，对上顾循淡然的视线。

顾循怔了一秒，松开手，侧了侧身，径直走到卢贝贝面前，询问道：“你没事吧？”

出乎意料的关切口吻，引来人群的一阵惊呼。大家都像看好戏般玩味地盯着眼前的三个人。卢贝贝摔得不重，早就无碍了。反而是顾循突如其来的关心让她的脸迅速升腾起嫣红。

“没事。”她语气里尽是娇羞，“都怪我自己不小心。”

起哄声更大了，顾循转过头看了看四周一脸激动的同学，认真道：“大家别聚在办公室门口了，影响不好。”说着将卢贝贝从地上拉起来，“能走路吗？要不要去医务室看一下？”

顾循语气温柔得让人浮想联翩，卢贝贝点了点头，声音微不可闻：“嗯。那好吧。”

“走吧。”顾循说着便扶着卢贝贝往楼梯口走，经过海星身边时，一刻也没有停留。

当事人的离去，带走了所有的围观群众。大家似乎忽略了海星的存在，三三两两地笑着离开了。

海星望着所有人离去的背影，心里有一种难以言明的情绪。她孤零零地站了一会儿，抬起头，正好对上程葵的目光。

教学楼呈一个“回”字形，中间是一个巨大而空旷的天井，隔着长远的距离，程葵就站在回形走廊的对面，满脸疲惫地看着她。

海星像触电般收回视线，扭头就向楼梯的方向走，她有一种说了谎怕被拆穿的不适感，心里的念头却在疯长：既然已经替她顶了罪，索性就认到底。程葵比她更需要留在澄景。这里，才是她离开现实生活的唯一通道。

十六岁的海星，自以为是地衡量过其中的利害关系。她觉得自己并不是读书的材料，当初考上澄景也是靠运气，即使被开除，随便找一所学校读下去，对她的生活也不会有太大影响。

程葵跟在海星身后，两人一前一后地走在校园甬道上，夕阳的余晖在地面上拖出两道长长的影子。海星按捺不住回过头的时候，触到的仍是程葵过于平静的一张脸，她的怒气隐隐升腾：“程葵，你为什么不听我的非要作弊？”

“因为只有这样，才能在短时间内挣到钱。”程葵轻笑一声，盯着地上的影子出神，“海星，你为什么要替我担下整件事呢？”

海星不知道从何说起，眼泪大颗大颗地涌出眼眶。她害怕程葵离开，下意识地不愿说出她的名字：“因为我怕你被开除，怕你离开澄景。”

“真是个笨蛋啊……”程葵走到海星面前，擦了擦她的眼泪，“可是海星，你知道吗？我根本没有作弊。”

“什么？你没有作弊？”海星吓了一跳。

“嗯。我虽然在考试之前放了手机，可是在考第一科时，我就放弃了这个念头。无论我说了多少次，要作弊，可是我还是说服不了自己， 我过不了自己那一关。”程葵叹了一口气，“我之所以躲着不愿意见你，是因为自己觉得无法面对你，向你发脾气，还怪你。”

“那刚刚你为什么要承认自己作弊啊？”海星嘟着嘴，有些埋怨地看着程葵，见程葵笑了一下，突然像明白过来一样，“难道你在逗我吗？”

程葵不回答，只是笑，算是默认了海星的说法。

“都什么时候了，你还逗我？你知不知道我当时有多害怕，多紧张，生怕自己被刘老师发现说假话……”海星还在絮絮叨叨地埋怨程葵，下一秒，却被程葵抱住了。

“我知道，这世界上，只有你，才会这样义无反顾地为我担下一切。海星，你永远是我最好最好的朋友。”程葵用力地抱了抱海星。

“咳咳咳……我……喘不过气了。程葵你搞什么啊？好肉麻啦！”海星从程葵的拥抱中挣脱，又突然意识到什么，“我说为什么总感觉朱鹏从考试时就瞪我，原来你根本没给他传答案啊，这下好了，他肯定认为是我从中作梗。”

“不用管朱鹏，你就当看不见好了。”程葵摊了摊手，突然想到了什么，皱着眉说道，“可是，你承认了作弊，刘老师肯定会给你处分的。不如，我去找刘老师说一下原因吧。”

“不了，不了，刘老师已经认定是我作弊了，如果你去说，难免节外生枝，会觉得你包庇我。”海星急忙摆手，否定了程葵的提议。

“万一你被开除了怎么办？”

“我成绩这么烂，去哪儿读都一样。”海星大大咧咧地说，“真的，我这里已经翻篇啦，就怕我爸知道要念叨我半年。”

程葵还是有些担心，想了想，换了一种说法：“可是，你要是去别的学校读书的话，可就见不着顾循了。”

提及这个名字，海星的表情一下子垮了下来，失落地说：“你刚才也看到了吧？他跟卢贝贝……顾循竟然站在她那边！难道他看不出谁对谁错？男生都这样，容易被可怜兮兮的假象蒙蔽。”

“或许……他心里不是这样想的。”程葵欲言又止。

“他就是这么想的！”海星斩钉截铁地说。

程葵看着海星一副愤愤的样子，没有继续往下说，她一向比海星成熟懂事，看事情总是格外透彻。但是，这个时候，她却不想告诉海星，如果不是顾循带走了卢贝贝，那么一旦海星因为打人又进了教师办公室，那么处分的轻重，就绝对再无转圜的余地。

程葵望着海星因为生气而愈显蓬勃的一张脸，她真是漂亮，明艳不可方物。从小到大，程葵就是海星的背景板，即使她比海星聪明一百倍，也无法转移大家对海星的注意。

有的时候，程葵也会羡慕海星，羡慕她无忧的家庭、懵懂无知的个性，不像她，在平静的表情下藏了太多的心事，她那千疮百孔的家庭和无法摆脱的命运。

想到这里，程葵咬紧了嘴唇，心里隐藏的疼痛开始蔓延。

在那一刻，她决定自己必须飞得很高，高到能够摆脱地心引力的纠缠。她要在一个谁也不知道她真实情况的地方，脱胎换骨，绽放出只属于她一个人的光芒。

回到港英大楼时，已过了晚饭时间，而餐馆里仍旧人声鼎沸，没有一点儿散去的迹象。

海星好奇地走过去，发现自己的父亲被围在中央，颇为尴尬地讪笑着，额头的汗滴在灯光下闪闪发亮。

“海老板，你为人最仗义了，这次我们都听你的。听说这里以后是城市新中心了，补偿这么点儿钱，打发要饭的呢？”

“就是就是，这点儿钱连新房都买不起！”

抗议声此起彼伏，连空气都开始沸腾。

海振国憨厚地劝解道：“政府不是给咱们安排了回迁房嘛。”

“回迁房能和商品房比吗？质量和格局都差很多。”居民们振振有词，“我们住了一辈子破房子，也想住一回商品房嘛。”

海振国皱皱眉头，仍旧是好脾气：“我也理解大家的想法，只是政策都是板上钉钉的事，也不是我们这些人说改就能改的……”

“怎么着？怎么着？”有人瞎起哄，“海老板，你不会是要做叛徒吧？”

海振国尴尬地止住了想要说的话。

他是个明事理的人，这次拆迁，他仔细研究了一下张贴在楼道口的赔偿协议，觉得颇为合理。

无奈港英大楼里住了太多老人，活了大半辈子，内心深处还是无法接受迁离故土的事实，一时意气起来，似乎不争个几千万都觉得自己亏了。

他们找到海振国，而海振国又拉不下脸面拒绝，只好日复一日地进行拉锯战。

海振国不愿海星参与这些事，见到她，挥手示意她赶紧回家。海星理解父亲的用心，比了个手势，让他处理完早点儿回家，然后便转身出了餐馆，和程葵往楼上走。

折腾了一天，海星连晚饭都没吃，爬到六楼便一屁股坐下来，大口大口地喘着气，说什么也不往上爬了。程葵望了望狭窄的楼梯，擦了把汗，提议休息一会儿。

六楼正对着的一大片平台，是这栋楼里唯一阳光充足的地方。平日居民们为了抢占这块地方晾晒衣物，没少起争执。此时夜深人静，平台上无灯，像怪兽的嘴巴，张着漆黑的空洞，反而让少女们感到安全。

因为在这里，没有人会听到她们心底的声音。

程葵倚靠着墙壁坐在平台上，随手松开了扎起的马尾，夜风将她的长发吹得有些凌乱，她往后捋了捋，露出白皙好看的侧脸轮廓。

“哇，程葵，你还是散着头发的时候好看。”海星伸了伸懒腰，冲程葵甜甜一笑，“而且，你能不能不要戴眼镜啦？闷闷的。”

程葵没有说话，只是淡淡地笑了笑。她虽然知道那样好看，却不愿去做，她怕自己会因此分心，拖慢自己想要逃离的步伐。

海星坐到程葵旁边，双手托着下巴，不满道：“程葵，你在想什么啊？都不说话。”

“没什么，就是在担心你的处分。”程葵淡淡地说。

“哎呀，说了不用担心了，离开澄景对我来说可能也是件好事，不用再承受那么大的压力了。”海星犹豫了一下，故意转移话题，“对了，听说卢贝贝她爸卢俊调到区里的拆迁办了。这事你知道吗？”

“嗯，知道。”程葵重新把头发扎好，平静地说道，“她爸本来在市里任职，愿意调到区里来搞拆迁，无非是想增长业绩。”

“嗯。”海星点了点头，“可是，我一点儿都不希望拆迁，不想离开这里。如果……”

“海星……”程葵打断海星的话，自顾自地说，“我可能要离开你了。我妈说，要拿着拆迁款去新加坡投奔远房亲戚。可是不知我爸被谁鼓动，咬定了不肯签补偿协议，真傻，再拖下去也不可能赔他几千万的。”

“不要！”听到程葵很有可能去新加坡的消息，海星突然慌了，“我不要你离开我。”

“海星。”程葵摸了摸海星的头，眼里有星星点点的光，“我们不可能一辈子腻在一起，以后，我们都会有自己的生活。”

海星还想说些什么，可是程葵却直接打断了她：“走吧，该回家了。”程葵说着，起身拍了拍身上的土，将海星所有想说的话留在了原地。

与此同时，澄景高中结束了夜自习。

顾循像往常一样，在熄灯的最后一刻离开教室，经过考务办公室时，正赶上刘华从办公室出来。

刘华见到顾循，不由得夸赞道："顾循啊，你能主动留下来和住校生们参加夜自习，老师十分欣慰。"

"应该的。"顾循迎上刘华的目光，"我爸总约当事人来家里谈案子，太吵，还是学校里有学习氛围，何况还有您每天陪着我们，什么题目不懂，请教您也方便。"

恭维的话从顾循嘴里说出来，显得可信度极高，刘华被哄得心花怒放，嘴里一个劲儿自谦着："哎呀，老师也是尽自己的责任……"

"老师，我请您去吃夜宵吧。"

"不不不，老师怎么能让学生请客呢？"说到这儿，刘华似乎想到了什么，"正好我也要回家，咱们一边走一边说吧。"

顾循点点头，恭恭敬敬地跟在刘华身后，一并出了教学楼。

深夜的澄景，安安静静的，连丝毫风吹草动都听不见。借着这黑暗与宁静，顾循斟酌着将请求说出口："老师，海星那件事……能否从轻处理？"

刘华吓了一跳，急忙问道："你……为什么要帮她求情？"

"我只是觉得她一个女孩子如果被开除了，可能会影响她今后的生活。"顾循想了想，还是没将两人打赌的事说出来，尽管他怀疑，也许是因为打赌的事，才让海星铤而走险以作弊来达到目的。

本来，海星是否被处分，并不关他的事，然而整个夜自习，他都坐立不安。

展开手心，海星的准考证就默默地躺在那里，笑容如盛夏日光一般耀眼灼目，他自己都忘了是以什么心态藏起了这张纸片。闭上眼，海星挂着眼泪的脸又浮现在他脑海中，挥之不去。

最后，顾循一咬牙，在心里默默铺垫起为她求情的桥段，算了，就当欠了她的。

见刘华不说话，顾循继续恳求道：“海星她没造成什么严重后果，能不能只给个警告，不记入档案？她才十六岁，以后还有很长的路要走……老师，可以吗？”

顾循言辞恳切，刘华皱着眉，思虑许久，才无奈道：“顾循，这件事我心里有数，老师也希望你不要因为冲动影响了自己的判断。而且，将来你会到达更高的层次，遇到更多优秀的女生，不要因为海星影响了你自己。”

“老师，我没有……”

“顾循。”刘华打断他，正色道，“老师是过来人，什么看不透彻？反而是你自己，还走在迷雾中。”

到了校门口，刘华拍了拍顾循的肩，没有多言。顾循看着刘华骑着单车，弓着腰的身影逐渐消失在夜幕中，心里不免有些唏嘘。澄景的老师，像他这样将全部心思扑在教学上，一把年纪还只用辆单车代步的，着实少见。

他掏出手机，犹豫了一会儿，还是决定将信息发出去：**老师，请你帮帮她，我会记住你说的话。**

这似乎是一种契约。

顾循推着单车慢慢地往家走，迎着冷飕飕的寒风，脑海里却浮现初见海星的那天。

演播室外尴尬的一幕结束后，顾循在回教室的路上又看到了海星。她满脸挫败地走到公共洗漱池的水龙头前，打开水龙头就把脑袋伸过去冲洗，一旁打扫的清洁阿姨惊呼道：“小姑娘，怎么又是你啊？你这样洗容易感冒呀！”

“没事，不会感冒的，我刚才赶时间，头发没冲干净。”她大声回应着，“一会儿出汗了，头发都能吹泡泡。”

“你说你大中午的跑这儿洗头干什么？”

“有鸟屎落在我头上啦！”海星眯着眼睛看了看地面，“对不起，阿姨，弄得一地都是水，一会儿我帮你清理干净。”

顾循就站在不远处，看着她洗好头发，随意地扎起马尾，拿起拖把清理水池旁的水迹。清洁阿姨不忍心，一个劲地叫她“放下放下，那个好脏的”。而海星仰起脸，俏皮地笑了笑：“没事的，阿姨，我经常帮我爸妈打扫餐馆，不怕脏。”

阳光下，她的头发不住地往下滴着水，卷起的袖口处湿了一大片，可是海星像没看到一样，认真地擦着水池旁的水迹。她微微弓着身子，脸庞蒙上一层嫣红，发尖打湿了脖领，全然不似顾循初见她时的明丽，却另有一种自在与从容。

那一刻，顾循听见自己的心跳，一下一下，格外清晰。

纵使在之后的许多年里，他走过了许多地方，见过了太多漂亮又聪明的女生，而十六岁的这一幕，却如最难洗脱的印章一样，恒久地盘桓在记忆深处。

海星的处分很快就出来了，贴在教学楼前的公告栏里，与层层叠叠的讲座预告、招生信息相比，并不起眼，很快被新的公告覆上。

在10月25日期中考试的理科综合科目中，高二(17)班海星同学考试过程中利用高科技手段接收答案，被监考老师发现并制止。海星同学的行为已构成考试作弊。为严肃考试纪律，教育学生，根据《澄景高中对考试作弊学生的处理规定》，决定给予海星同学严重警告处分，该门课程的成绩以零分计，不能参加本年度奖学金的评定。希望广大同学引以为戒，严格遵守学校的规章制度，杜绝考试作弊行为，促进我校考风、学风、校风的建设。

海星和程葵站在公告栏前，将张贴的处分一字不落地看完，看完之后都有点儿傻眼。程葵率先笑出了声："不能参加本年度奖学金评定？好像你拿过奖学金似的。"

海星自己也觉得幸运："还好只是严重警告，刘老师也算手下留情了。"

"没准是因为《开放课堂》马上要开播了，想给你一个将功赎罪的机会，让你好好表现。"程葵揽了揽海星的肩，打趣道。

"应该的，应该的。"海星对学校的宽容感恩戴德，"我会好好表现的。"

抛掉考试和顾循的双重压力，海星如获新生。她积极地去校园电视台参加纪文泽组织的各类会议。

因为是云浅市第一所开辟教育资源直播的学校，做得好赚到好名声，做得不好则会被其他兄弟学校笑话，学校领导对此非常重视，施加给纪文泽的压力，纪文泽毫不客气地分给了校园电视台的各位同仁。

"陈静羽，你业务还是比较熟练的，抗压能力也比较强，负责开场语文科目的主持，不会紧张吧？"说着纪文泽将目光转向海星，"海星，你负责英语科目，第二场，自己心里要有数。"

"英语？我英语不好耶。"海星苦着脸，"换一个不行吗？"

"又不让你讲，你紧张什么？"纪文泽安慰她，"你只要沉着冷静地抛出问题，不时地和观众互动，活跃气氛就可以了。这些主持技巧，你平日里不都挺擅长的吗？"

"想要放弃的话现在还不晚。"后排的卢贝贝发出一声嘲笑。

海星假装没听到，深吸一口气，对着满脸期待的纪文泽说："好吧，台长，你放心，我会努力的。"

"努力？努力出丑吗？"卢贝贝又嘟囔道。

纪文泽瞪了卢贝贝一眼，这才让她闭上嘴。

"下周日的下午四点，第一期节目会准时开始。包括主持人在内的所有工作人员要抓紧时间熟悉一下流程。以往你们说错话，我可以在后期帮你们剪掉。但这次是直播，出错就是出错了，全国观众都可以看到。"纪文泽环视一周，紧张严肃的气氛开始蔓延，"你们每个人都要打起十二分精神，不要给澄景丢脸！"

紧张的氛围持续了一周，海星作为第二场英语科目的主持人，自然不敢懈怠。

除了平日按时上下学，海星利用所有零碎的时间练习主持的基本礼仪，熟记一些注意事项。连程葵都说海星像变了一个人似的。

只有海星自己知道，她有多珍惜这次主持的机会。

当初进入校园电视台时，纪文泽夸她的眉目和某著名主持人有七分相似，力排众议收下了她，哪怕当时的海星，只不过是一张刚进高中校园的白纸。而海星虽然学习不好，却在主持上很有天赋，只是她并不努力，在台里勉强排在中游。

这一次，因着将功补过，她反倒格外勤奋起来。

周日上午，纪文泽连早饭都来不及吃，一早就在演播室里核对着节目流程，又忙着与电视台的工作人员协调和调试直播设备，一切都准备妥当之后，他刚拿出一块面包，目光便触到走廊上精心打扮的女生们。

纪文泽哀叹一声，跑了出去："都怪我，是我的错，各位公主，我是不是忘记跟你们强调服装了？"

大家面面相觑，瞅了一眼自己的衣服，不知道哪里出了问题。

纪文泽挨个看过去："SCOFIELD（斯可菲得）的套装，很好，这一套得几千块吧？江小朵你难道是把你妈妈的衣服穿来了？还有，王甜你不要笑，你这一步裙是 PRICH（普瑞奇）的吧？太成熟了，不行，你给我去卫生间换掉！"

女生们噘起嘴："台长，打扮得漂亮一点儿不过分吧？这些鸡毛蒜皮的小事都要啰唆。"

"这不是小事，你们上了节目，代表的就是澄景的形象。"纪文泽努力在女生中找出一个榜样，环顾一圈才看到角落里的海星，"海星这样穿就很得体。"

海星今天绑了利落的马尾辫，扎着蝴蝶领结的白色衬衣的袖沿上绲着米黄色的英伦风格纹，短裙也是同色系格纹图案，黑色平跟学生鞋的鞋沿处露出一小截白色短袜，看起来优雅又不失活泼。

"E · LAND（衣恋）的吧？"纪文泽的父母都是服装设计师，自然对各大品牌如数家珍，"价格还算合适，外人看来也不会觉得我们澄景的学生太奢侈。"

"是假的吧？"女生堆里不知是谁发出一声质疑，"E · LAND 今年的专柜可没有这一款。"

"E · LAND 的假货蛮多的，几十块就能买一套。"有人附和道。

海星沉默地咬了咬嘴唇，不想反驳。

这套衣服不是假货，却是商场里换季的折扣商品，大概是几年前的款式，打三折后还要几百块钱。

程葵劝海星买下来："你下周就要主持了，好歹要有一套上档次的衣服吧？”她掏出钱包，“喏，不够的部分我赞助你。”

她和程葵几乎花光了高中两年来辛辛苦苦攒下的零花钱才买下这套衣服。在海星看来，程葵的情意更加可贵，她不想解释太多惹来更多的嘲讽。

纪文泽挥手制止了内讧：“行了，该换衣服的去换衣服，趁时间还早，实在没带备用衣服的就回家去换。陈静羽你先准备一下吧。”

陈静羽已经高三了，是学习播音主持的艺术生。再过一段日子便是艺考，她的目标是国内首屈一指的传媒大学，基本功自然不会差。

四点一到，节目准时开始。女生们站在演播室外，看陈静羽镇定自若地与老师沟通，并不时地念出观众在线提出的问题，让老师一一答复。

长达一个小时的节目，她好似信手拈来，一点儿都不紧张。纪文泽对她做了一个“OK”（好的）的手势，示意时间到了。陈静羽收起面前的台本，笑意盈盈地做着最后的总结：“语文科目其实并不难，只要大家沉下心努力学习，一定能达到自己想要的高度……”

陈静羽走出演播室后，纪文泽推着海星去做准备。海星进入演播室对着手机镜头检查了一下自己的妆容，随后瞥见了从门外走进来的刘华。

一开始，海星知道自己采访的对象是刘华时，倒吸了一口凉气，还想跟纪文泽提议，换个人采访刘华。

可是她后来仔细想了想，刘华的英语教学能力在澄景数一数二，而且这次处分之所以这么轻，也是刘华手下留情。所以，也就欣然接受了。

此时，她向刘华恭恭敬敬地鞠了个躬，称呼了一声“刘老师”，等刘华入座后，便向纪文泽比了个“OK”的手势。

两分钟的调试准备后，随着纪文泽一声令下，第二场的英语便开始了。

“欢迎大家回到我们的《开放课堂》，我是本场英语科目的主持人海星。本场为各位同学答疑的，是我们澄景高中高二年级主任刘华老师，刘华老师从事英语教学工作二十八年……”

开场的客套结束之后，就正式进入了节目流程。公众平台上的提问和留言都被实时转到屏幕下方滚动播出，一切都在有条不紊地进行着。

刘华扶了扶眼镜，慢条斯理地回答着上一条问题：“有同学认为在阅读理解中，涉及的长难句比较棘手，其实在考试中，我们只需要结合上下文的语境，简要判断一下长难句的语意就可以了，不需要将其完全理解……”

刘华侃侃而谈，海星虽然听不太懂，但是仍做出一副认真倾听的模样。

突然，她听到一直站在镜头后控场的纪文泽发出一声惊呼。

声音不大，但还是把海星吓了一跳，她生怕自己犯了什么错。这时，她看到与公众平台同步的屏幕上，留言突然呈现井喷的架势：海星，你笑容真甜美，继续加油啊！海星，你就是我的阳光女神！海星，你有在看我的留言吗？

大段大段无厘头的留言几乎覆盖了其他的正常提问，系统显示这些留言分别来自不同的微信账号。

刘华显然也被吓到了，轻咳一声，继续讲解道：“如果待处理的长难句为一个复杂的并列句，我们可以先找出其中的并列连词，然后根据并列连词的意思理清句子前后的关系……各位同学，我们是传播知识的正能量节目，大家不要扰乱节目秩序。”

见形势愈演愈烈,纪文泽赶紧打电话与电视台的技术人员协调,以过滤屏幕下方那些自动滚动播出的留言。与此同时,他冲海星做出了一个“暂停”的手势。

节目本来是没有中场休息的,海星尴尬地走出演播台,不确定地问纪文泽:“大概什么时候能恢复正常呢?”

纪文泽摇摇头:“我也不清楚,不过你也太离谱了吧,你的‘支持者’难免有点儿过分了。”

“可是,我也不清楚是怎么回事。”

“我也没说是你的错,但这件事毕竟是因你而起。”纪文泽斟酌地开口道,“一会儿让卢贝贝替你吧。”

海星有口难言,只好眼睁睁地看着卢贝贝坐到自己的位置上。就在大家暗松一口气时,那令人讨厌的留言又开始了,一个字一个字地显现在屏幕上:让、海、星、回、来!

一遍又一遍,这一次,全部来自同一个账号。

纪文泽急了,打电话询问电视台后才得知,只是停用了之前的几个账号,新账号用了新的身份证号注册,根本限制不住。他顾不上责怪电视台的技术支持不到位,自己从后台调出账号,一把将海星扯到面前,咬牙切齿道:“快去,跟他聊聊!”

对方的微信名只是一个简单的字母“L”,她飞快发出信息:你好,我是海星,请你停下来好吗?

L同学回复的时候,显然就没空刷留言了,纪文泽凑过头,示意海星一直聊下去:“拖住他,至少拖到节目结束。”

L:你真的是海星吗?

海星:是我,真的是我。

L:怎么证明?现拍一张照片给我看,给你两秒钟。

海星：……

L：看来你是骗我的，拜拜。

海星：别，我发照片给你……看到了吧？现在你可以告诉我为什么要捣乱吗？

L：捣乱？我没有啊，我只是在支持你。

海星：这就是捣乱。

L：没有啊。我只是想在节目上看到你，还以为多刷点儿留言，他们就会让你一直主持下去。

海星：哎，你不要再刷留言了，会影响节目秩序的。

L：那能不能和你做个朋友呢？

海星还在犹疑，一旁的纪文泽已然跳了几米高：“可以！可以！你又不会损失什么！只要他不再捣乱，要跟我做朋友也可以！”

海星眼见纪文泽都急疯了，只好叹了一口气，在手机上敲出一行字：说好了，不能再捣乱。

L：成交。

第三章

喜欢的极致是偏执

森林里的草坪上，小女孩正趴在地上观察一朵花开的模样。

看到罗伯特，她很开心：『可爱的兔子，陪我一起玩吧？』

可是罗伯特听不懂她的话。

『你是不是想吃了这朵花？』他问小女孩。

小女孩也听不懂他的话。

他们不是同类，无法沟通。

因为海星的“牺牲”，澄景高中第一期的《开放课堂》终于平稳地落下帷幕。然而海星的这段插曲，却在澄景衍生出了好几个版本。

“电视台的女生那么多，为什么就她能惹事？”卢贝贝添油加醋地向没有去现场观看节目的同学描述当时的情况，“而且啊，她还加那个人微信了，不知道想做什么。”

“我想没准就是海星自己设计的，用来炒作自己。”

“对啊，对啊，别看海星平时总显得智商不够用，城府深着呢……”

……

虽然什么难听的话都有，海星却不想理会。她现在只是有些担心纪文泽，毕竟事情因她而起，节目出现这么大的问题，纪文泽在学校领导面前难辞其咎。

对这个一贯照拂她的台长，海星有些愧疚。

所以，当“L”在微信上对她进行信息轰炸时，她甚至都忘了这是纪文泽给她挖的坑。不过，“L”好像很孤独，经常会给海星发一些日常的照片。

有时是偌大的高尔夫球场，绿莹莹铺满整个视线。有时是一份晚餐，精致的餐布上诱人的牛排，亮晶晶的银质餐具摆放两侧，水晶杯子里盛着琥珀色的果汁。甚至还有他家的狗，他家的猫，他家的鸟，他家的阿姨趴在大理石地面上卖力擦地的样子，也是穷极无聊了。

忍无可忍后，海星回敬他一张照片：她趴在自家餐馆油腻污浊的桌子上吃一碗汤粉，很市井，跟她明丽的外表形成巨大反差。

没想到“L”竟然回复：看上去真好吃！什么时候带我尝尝？

看见这句话的时候海星不由得撇了撇嘴，几乎是没有任何犹豫，按下了删除键。

拆迁已经进入白热化阶段，一些居民不想继续进行拉锯战，签下补偿协议后就搬去了政府准备的安置房。而那些抱团坚守的老人，却固执地不愿离开，每日坐在海振国的餐馆里，对每一户搬离的居民发出斥责：“呸！叛徒！”每当这个时候，海振国也只能尴尬地劝解道：“别这样，别这样，不要生气。”

有搬离的居民曾经在背地里问过海振国不离开的原因，是不是也想争个几千万。海振国想了想，自己其实对补偿方案没有异议，唯一顾虑的就是餐馆。这个铺面是租来的，一旦拆迁就跟他一点儿关系都没了，连同常年累积的口碑和客流，都没了。

要说在外面找个店面重新开始，谈何容易？光是租金就能压死他，更别提一些预测不到的风险。他也没什么本事，还背负着整个家庭的重担，做起事来必须慎之又慎。他一直僵持着，不是为了争几千万，但也存了私心，想等拆迁办的领导过来面对面地谈判，倘若能帮他找一份工作，他就心满意足了。

没想到这一天，很快就到了。

卢俊来到餐馆时，海振国正在热火朝天地准备应付中午的客流高峰。他想等着海振国空闲下来之后，再谈拆迁的事情，所以没有声张，只是坐在角落里，打量着这栋破旧的大楼。

别看他仕途顺风顺水，但是并没有和民众打交道的经历。在接手拆迁工作的时候，他就上网查新闻看其他城市是怎么处理这种棘手问题的，结果被铺天盖地的拆迁事故吓了一跳。最后他得出一个结论：要有耐心，不能强来，不求有功，但求无过。

可是还没等他酝酿好开场白，门外突然传来一阵喧哗。

一位老人冲进来，挤到卢俊面前，一把握住他的手：“领导，我是港英大楼的居民代表，我姓周，特地来跟您谈谈赔偿的事。”

卢俊没反应过来，一时间怔在原地。

眼前的这位耄耋老人头发花白，手脚不停地打战，满嘴牙掉得只剩下几颗，虽然态度还算友好，但万一谈不拢，气急攻心，看上去分分钟就能背过气。海振国听见动静，放下手里的活，从后厨出来。他来不及和卢俊打招呼，紧忙上前把老人扶好：“周大爷，你这是做什么？快坐下说话。”

周大爷纹丝不动，根本没有理会海振国：“领导，今天你就给一个实话，我们提出的要求，能不能答应？”

卢俊这时才反应过来，忙不迭地露出笑容，一脸谦逊：“大爷您说，只要是合理的要求，我们都会帮您解决。”

“我亲戚家房子拆迁，赔了一千多万呢！凭什么到了我们这里就缩水这么多？我这房子也值一千万！”周大爷说起话来底气十足，一点儿也不像快九十岁的人。

“一千万？”卢俊不敢相信，“大爷，我们拆迁是有政策依据的，您回头好好看一下，或者我安排工作人员来跟您当面解释……”

海振国也帮着劝解道：“周大爷，有话好好说，不如到我家去，咱们一边喝茶一边慢慢商量。”

卢俊也赶紧说道：“是啊，一会儿到了饭点儿，人一多就更不方便了，咱们去海老板家商量一下。”

大概是被卢俊诚恳的态度打动，周大爷叹了一口气：“领导，我活到这把岁数，住什么房子不是住？但总要为后代打算一下啊！”

“是的，是的。”海振国好脾气地说着，把餐馆门锁好，搀扶着周大爷上了楼。卢俊跟在海振国后面，皱着眉思考着如何处理周大爷的问题。

周大爷毕竟年事已高，刚爬到六楼，便气喘吁吁地一屁股坐到地上。卢俊趁机劝解道："老人家，以后这里的回迁房都是带电梯的，您这个年纪该住电梯房享福啦！"

周大爷捶了捶自己的腿，没好气地呛他："什么回迁房？我儿子说了，回迁房都不好，要赔就赔商品房。"

卢俊为难道："您如果想住商品房的话，那可以把回迁房卖掉，补点儿钱再买嘛。"

"这叫什么话？"周大爷挣扎着从地上坐起来，恍然大悟道，"合着你这是缓兵之计啊，根本没考虑过我的诉求是吧？"

卢俊刚想解释，周大爷已经跌跌撞撞地冲向平台，嘴里兀自喊着："没法活了，没法活了……"

卢俊哪见过这种场面，吓得两腿都软了，虽然周大爷年事已高，但冲动起来不管不顾，他完全没有预料到。还是海振国率先反应过来，追了上去，在最后关头抱住了周大爷。

卢俊怕海振国的蛮力伤到人，急忙跑上去，嘴里不住地说道："海老板，别这样，松开松开……"

"我要是松开他就往下跳了！"海振国气急败坏地喊。

"那也不能对老人家这么暴力。"卢俊说着，上前去拉海振国的手，试图让他松开。

可海振国不愿意放手。他了解周大爷的性格，这老头儿不达目的绝不罢休，别看一把年纪，特别固执，这次肯定早早打探好了消息，就等卢俊来。如果现在放开他，没准他倔起来，再跳一次楼！

周大爷人瘦力单，自然无法挣脱，索性叫骂道："海老板，你黑心肝啊，竟然帮着外人欺负我。我不活了啊……"

他喊得声嘶力竭，卢俊反而没了主意。

他这个差事来得不易，如果处理不好，在这个节骨眼上出现意外，仕途也算是走到尽头了。

“海老板，你快放开，放开！”卢俊的语气急迫，一边说着，一边强行掰开了海振国的手。

周大爷脱离了海振国的控制，喘着粗气跌坐在地上，嘴里不住地叫骂着：“海振国，你个杀千刀的，你不要脸……”嫌骂得不解气，还随手从地上捡起一块石头扔了过去。可是手还来不及放下，便看见无比骇人的一幕：站在平台边沿的卢俊，犹如一只破败的风筝，飘飘荡荡向楼下坠去，时间被扯得很长很慢，他惊恐的眼神定在海振国身上，而海振国看着自己的双手，慌张而无措，连惊叫声都忘记发出。

在警车与救护车此起彼伏的鸣叫声中，周大爷忽然觉得心跳加速。他捂住胸口，大口大口地呼吸，但最终还是在不可抑制的晕眩中，瘫倒在地。

卢俊在医院的ICU（危重症病房）里躺了两个礼拜，最后转入了普通病房，虽然生命没有大碍，但成了植物人，只能一辈子躺在床上。

医院的走廊静得出奇，光线惨白。卢贝贝蹲在地上，竭力大哭。也是在那一天，卢贝贝明白自己的生活由天堂直接坠入了地狱。

为了调查事情的真相，警方找到了周大爷，周大爷斩钉截铁地指控海振国将卢俊推下楼，场景和动作都描述得事无巨细——虽然连海振国自己都不明白，到底是不是他干的。

那段时间仿佛成了记忆里的空白。他忘记是如何和卢俊拉扯，周大爷又是如何脱身，更忘记最后卢俊是因何坠楼的。

警方后来也对现场做了侦查，卢俊坠楼处，有几块水泥砖面跟着他一起坠落。对这座年久失修的危楼来说，砖面松动并不奇怪。港英大楼和附近的监控早就坏掉了，只是个摆设，本想依靠监控查明真相的警察一时间也断了线索。只依靠周大爷一人的证词，还是没办法直接决定海振国的罪名。毕竟在砖面松动的情况下，存在着卢俊失足坠落的可能。

海振国被暂时关押在看守所，精神受到了冲击，无论警方如何审问，他一概说记不清。警方罕见这么实诚的犯罪嫌疑人，找到海星的母亲，建议她为丈夫聘请一名好律师。否则，他就真的死定了。

丁梅手足无措，她一直依靠丈夫，还未自己拿过主意。海星每日放学回来，见到餐馆紧闭着大门，家里昏黄的光线下，母亲一直不住地啼哭，也像把她的心脏硬生生刺开了一个鲜血直流的伤口。这一瞬间，她好像忽然理解了程葵的处境。

这令人窒息又绝望的现实啊！

只要能逃离，她愿意付出一切代价。

这起事故犹如一颗深水炸弹，迅速引爆了澄景高中。

卢贝贝请了半个月的假，刚回到学校，就和海星撞了个正着。海星站在走廊的一头，看见卢贝贝从另一头走来。

卢贝贝瘦了，一张巴掌脸苍白得没有一丁点儿血色，大概是在医院看护的时候不方便洗头，她将一头长发也剪了，极短地贴在耳侧。卢贝贝发生的诸多变化，让海星打从心底内疚，不管怎么说，这件事和父亲有着千丝万缕的联系。

海星在心里想，倘若此时卢贝贝因为过度伤心而打她骂她，她都不会还手。可是卢贝贝并没有这样做，她只是淡淡地望了海星一眼，就走开了。

身后传来女生们小声的议论："卢贝贝好可怜啊，海星害她爸爸成这样，她都没对海星怎么样。"

"是啊，我早就觉得海星是个灾星，总是莫名其妙地惹出一堆事。"

海星苦笑，这些日子以来，她走到哪儿都会有人指指点点，无外乎说她是"杀人犯的女儿"。现在，竟然有人自动过滤了父亲，将所有罪名加诸在她身上。

而卢贝贝越是显得宽容，同学们对海星的意见就越大。卢贝贝的沉默，助长了同学们的怒气，海星的漂亮，海星的烂成绩，甚至关于她的一切细枝末节，都变成她的原罪。

所幸有程葵一直站在她身边，不去理会别人的目光。

"你最近去看你爸了吗？"一起走在去图书馆的路上，程葵关切地问道，"听说看守所里不好过。"

"见不到的。"海星闷闷地回答，"我爸现在被刑拘了，没正式开庭审理前，只有律师才可以会见。"

"那请律师了吗？"

"还没有，我和我妈都不太了解这块的事情。"海星想了想，还是没把家里的拮据说出口，海振国被刑拘后，海星才算真正了解了家里的情况。这么多年了，家里竟然一点儿积蓄都没有。

"如果能请到云浅市最好的律师，肯定能还叔叔一个公道……"程葵话说到一半，用手推了推海星，"那不是顾循吗？"

其实还没到图书馆时，海星就看到了图书馆外的顾循。深冬，紫荆树的叶片都落光了，只剩下光秃秃的枝干，顾循在校服外套了一件深灰色的薄绒外套，斜倚在树干上，漫不经心地听卢贝贝说着话。顺着风的方向，卢贝贝的话语一字一句都落在海星耳中，大概是因为看见了海星，她的声音也刻意提高了很多。

“我知道顾会长是云浅市最好的律师，我想请他代理我爸的案子，可以吗？”

顾循也看到了海星，神色却非常淡然：“你父亲的案子是刑案，我爸只擅长民事案件。”

“我们要提出民事赔偿。”卢贝贝望着海星的方向，一字一句说，“要争取最大的赔偿，告得对方倾家荡产，需要一个好律师。”

海星苦笑，索性走到卢贝贝面前，双目直视她：“其实，我一直都很想当面跟你道歉，我……”

“你少在顾循面前假惺惺的，我爸住院这么久，你们家来探望过一次吗？”卢贝贝拔高了声音，眼眶通红。

“我们去过的，带了一些水果。”海星的声音低了下来，“被你家亲戚赶出来了，连你爸的面都没见到。”

出事的第二天，她和母亲带了一些普通水果去病房探望，结果被卢家的亲戚指责一点儿诚意都没有，赶出了病房。出了医院，海星的母亲蹲在门口，捂住脸，背脊深深地弯了下去。

海星虽然窥不见母亲的心思，却知道母亲的无助。那一刻，她发誓，一定要还父亲清白。

“我会信你的鬼话？”卢贝贝苍白着脸，愤怒地指着海星，“被我家亲戚赶出来，你就委屈得不行了？我爸遭受的痛苦，你们家永远都还不清！”

“我爸也被抓起来了……”

“那是他活该！他一个做饭的，命要比我爸贱一千倍！为什么不是他去死？”卢贝贝歇斯底里地哭喊起来。

海星只觉一股寒意从脚底蹿至全身，她按住正要还嘴的程葵，一字一顿地说：“卢贝贝，警方还在调查，你不要不分青红皂白就冤枉我爸！”

“我冤枉他？证人都有了，你爸被判刑是迟早的事。”

海星强忍着眼泪，目光透露出一股不肯认输的坚定：“我爸没你爸有文化、有地位，但是，他是这个世界上最疼我的人，他的命并不贱。就算倾家荡产，我们也会给他请个好律师，证明他的清白！”

说完，她拉起程葵，头也不回地走进了图书馆。

平时最让海星头痛不已的书山文海，此时却变成最安全的避难所。这里永远肃穆、安静。阳光如金沙一般缓缓流淌在书架之间，没有人大声指责她，也没有人在背后偷偷地议论她。

她紧绷了好几天的神经，终于在这一刻得到了放松。

海星想要还父亲清白的消息在澄景校园里不胫而走，几乎是一日之间，便传遍了整个校园。

大家觉得可笑，在颇觉可笑之后，便是愤怒。

海星父亲犯了错，可是她却想着如何抹去父亲的罪行。这对十几岁少年黑白分明的世界观，是一种极大的挑战。同学们对海星的敌意，几乎燃到了极点。中午休息时，不知是谁打开了吊扇，将一本书丢了上去。在漫天的“雪花”中，海星捡起一张碎片，发现那张英语课本的碎片上恰好是自己的笔迹。

下午第一节课就是英语。

海星什么都没说，起身去程葵班上准备借她的课本，谁知程葵下午第一节课也是英语。返回教室时，海星恰巧看到自己的物理课本正以天女散花的姿态铺天盖地地扬下。

下午第二节课是物理。

海星叹了口气，想了想，决定再找程葵碰碰运气。

“物理课本带了吗？”海星故作轻松地笑道，“不会那么巧，你们第二节也是物理吧？”

“不是，是生物。”程葵一眼看穿了她的心思，“他们又把你的物理课本撕掉了？”

“嗯。”

“你去告诉老师啊！欺人太甚了！”程葵压低声音，愤愤地说。

“告诉老师有什么用？”海星侧过头，目光躲闪，“老师也讨厌我。”

程葵张了张嘴，却发现无从反驳，这段时间，海星确实成了众矢之的。程葵拍了拍海星的肩，算是给她打气，随后返回教室，拿出了课本：“喏，英语和物理，拿去吧。”

“英语不要了，你也要用的。”

“没事的，你拿去吧。”程葵将书硬推给她，“保管好，别被人看到了。”

海星将课本塞在校服里，沉默地回到了教室。当她翻开书的扉页，才明白程葵的话中深意。这不是程葵的课本，虽然与她的课本一样整洁干净，扉页上却清楚地写着另一个人的名字：顾循。

一瞬间，海星觉得自己呼吸困难，心跳都要停止了。

好不容易平稳住心绪，她将英语课本一页一页翻过去，上面的笔记工整而娟秀，长难句、重点词汇、延伸知识点……分别用不同颜色的笔标记着。

翻着翻着，她才突然意识到问题，给程葵发了微信。

海星：怎么回事？

程葵：别客气，我也是借花献佛。

海星：我的意思是，他怎么会知道？

程葵：你被欺负的事，整个澄景谁不知道？

海星还想继续追问，程葵接着打过几行字：那些书不用还了，他转学之前还有一套课本，这套就给你了。你若要致谢就直接发信息给他吧，我就不当传话筒了。

海星紧咬嘴唇，深深地思索了一会儿，最后留下了这些课本。

但是她并没有联系顾循。

虽有一千个一万个感谢，但静静留在心里就好了。

这几天，母亲的情绪有所好转，但海星还是放心不下，晚自习结束后就急忙收拾书包准备回家，然而到车棚取单车时却发现链条断了。她只能扶着单车，慢慢地往港英大楼走。

冬夜极寒，海星将手缩在羽绒服的袖子里，然而每走一会儿，还是忍不住停下来，呵一口热气。

星辰发出白而冷的光，笼了她一身，偶尔停下来时，她会望望深邃的夜空，在脑海里想象顾循的样子。那是她暗淡生活里唯一的星光，不能说出口的秘密。回到港英大楼楼下，海星发现餐馆竟然破天荒地开着门，透过昏黄的光线，她看见母亲弯着腰，正在洗菜。

“妈，我回来了。”她放好车子，笑嘻嘻地蹿到母亲身后。

“你这丫头，吓我一跳！”丁梅停下手，瞪了一眼女儿，“好了，好了，快去写作业吧，我这还没忙完呢。你爸出事了，我可不能再倒下，日子还是要过下去的。”

海星看到母亲终于打起精神，一时间酸了鼻子：“妈，我帮你吧。”

“别别别，你去做作业。”丁梅挥了挥手。

“在晚自习的时候就做完了……再说了，你洗这么多菜，能卖完吗？大楼里的人都走得差不多了。”

“哦，是这样的。”丁梅站起身，擦擦手，掏出手机，“楼上王叔叔的儿子说现在点外卖的人很多，还帮我们注册了一个外卖平台，我想那就先试试吧，看一下明天生意会不会好一点儿。”

“这样也好。我看一下你设置对了没有。”

海星打开外卖平台，检查了一下，最后想了想，将自家餐馆送餐的选项调整为“商家配送”，这样一来，就节省下很多服务费用。她计划了一下，下午放学到晚自习开始的这段时间，是晚餐的高峰期，她闲着也是闲着，不如回家帮餐馆送外卖。

进驻外卖平台之后的一个星期，订单量并不算多，但好歹弥补了港英大楼里流失的客户，一天一两单也好，三四单也好，都是海星一家面对生活的希望。

一开始，丁梅并不同意海星去送外卖，但海星一再发誓，绝不耽误学习，再加上人手不够，她忙不过来，只好默许了海星的行为。

或许是因为价格低廉，分量又实在，外卖的生意越来越好，有时当海星准备返回学校时，仍旧有零星订单进来，海星再想赚钱，也只能忍痛点击关店。她心里常常在想：要是一下子来个几十单，一次赚够一天的钱，就好了。几十块几百块的利润，就是她目前最大的愿望。没想到，这个愿望竟然很快实现了。

没过几天，海星就接到了“笋干炒肉饭二十五份”的大订单，她简直不敢相信自己的眼睛，也不敢相信有这么贴心的客人。点的餐品数量大，又没有啰里啰唆的要求，怕老板麻烦，干脆全部点的同一种饭，丁梅配一次料，起一口锅就全部炒完了。

第二天，这位客人仍旧点了二十五份笋干炒肉饭，第三天还是笋干炒肉饭……连着一个星期，订单一成不变，给出的评价图文并茂全部五星。送餐地址是离港英小街不远的一幢写字楼，写字楼里进驻了不少大公司。海星每次送餐时都会想，大公司果然不同凡响，连点起餐来都这么干脆利落。如此一个星期下来，为了表示感谢，她和母亲特意准备了二十五份例汤，作为随餐的赠品。

冬天的天色暗得早，人们下了班都归心似箭，偌大一幢写字楼竟然只剩下两三层还亮着灯。

海星到了楼下，把单车锁好，将餐品从食品箱里取出来，然后给客户打了个电话，通知他下楼取餐。

挂了电话没多久，海星就看到了那个胖乎乎的职员。他一脸憔悴，眼上还挂着两轮巨大的黑眼圈。

海星随口问了一句："叔叔，你们又加班啊？"

"嗯。"他潦草地点了点头。

"还这么多人一起加班。"

"唉！"

"你们得加班到几点啊？需要点夜宵吗？"

胖子抬起眼，极为惊恐地望着她："你们家不会要开始卖夜宵吧？"

"如果你们需要，可以考虑啊！"

胖子看上去都要吓晕了，使劲地摇着头："还是别了吧，你们开餐馆也不容易，晚上就好好休息一下。"

"没关系啊，赚钱要紧。"海星继续问下去，"我下了晚自习还可以送餐，大概是九点的样子，你们会加班到那个时候吗？"

"我……我还不知道……"胖子的表情完全是绝望的，他弯下腰来艰难地提起餐盒，转身就往楼里走。

“哎，叔叔，还有例汤，你忘了拿。”

“不用了，不用了。”胖子两只脚都踩进了电梯，正试图去按按钮。海星当他客气，拎起地上的例汤也追赶上，在电梯关门前的最后一秒，擦身进去。

“叔叔，我帮你拿上去吧。”

胖子转过头，盯着海星明媚的笑脸，欲言又止，挣扎许久，在指示灯跳到二十三楼的时候，终于忍不住开口：“其实，你们家的外卖挺好吃的。”

“是吗？谢谢你啊！”

“嗯。”胖子斟酌着建议，“要是有午餐就好了。”

“抱歉，没有午餐，因为我要上学，中午回不来。”

“但是，我们已经一连吃了一个星期的笋干炒肉饭了……”

“吃腻了吗？”海星贴心地问，“为什么不点我家别的饭呢？”

“不是，我的意思是……”胖子一咬牙一闭眼，抱着必死的决心将心里话说出来，“我们实在受不了天天加班了。”

海星蒙了，不明白他的意思，这时候，指示灯跳到二十三层，电梯门缓缓打开，首先映入她眼帘的是四个熟悉的字“昭远地产”。

太熟悉了，这几个月来，这家公司的名字充满她的生活。作为与政府协议好的开发商，昭远地产在征地拆迁还未彻底结束时，就用涂满广告的围栏围住了这片地域，“城市智慧生活体”“黄金铺位钻石客流”“国际化高端都市中心”……一系列高端词汇将大楼里的居民唬得一愣一愣的。

海星见到这四个字的第一反应就是昭远地产想以外卖为套路，让她们在拆迁协议书上签字。

想到这里，她放下例汤，伸手要去抢胖子手上的餐盒："叔叔，你们不要搞这些乱七八糟的东西，我们是不会上当的！"

"上当？"胖子不明所以，皱了皱眉。

"难道不是想通过这种方式，感化我们家，好让我们在拆迁协议书上签字吗？"海星指着那个 logo（标志），"我早就怀疑，什么人会连续一个星期点同样的外卖！"

争执之间，胖子手一松，本就晃晃荡荡的餐盒"哗啦"一声泼洒一地，汤汁渗进厚实的酒红色地毯，散发出浓重的气味。

海星吓住了，这种地毯看起来昂贵又不好清洗，她送一年的外卖也赔不起啊！见海星一副吓到的模样，胖子叹了口气，冲正在打扫工位的清洁阿姨招了招手。

清洁阿姨提着水桶和拖把过来后，麻利地掀起地毯开始清理，胖子将海星扯到一旁，宽慰道："没事的，你别担心。"

"叔叔……不好意思。"海星心里有些过意不去，"今天的餐费，我一会儿在手机上退给你们。"

"不用了，不用了。"

"是我的错，你们赚点儿加班费也不容易。"

"不，其实我们……"胖子迟疑片刻，小心道，"我们总裁办的二十五个人，已经连续加班一个多星期了。说真的，快吃不消了。而且，我们和拆迁没有关系，就算是我们整个公司，都不会参与政府的拆迁事务。真实原因是……对了，你有位朋友叫陆与珩，有印象吧？"

海星使劲回忆了一下："我没有朋友叫这个名字。"

"其实……他是我们老板的儿子。我们这个总裁办，就是为老板和老板的公子服务的，平时杂七杂八的事都要干一点儿，所以，老板的公子指定我们点你家外卖，我们就只好照办了。你看，你们家只有晚餐，不加班的话，怎么操作啊？”

“我真的不认识他，叔叔，你是不是搞错了？”海星狐疑道。

“不会的，上次他让我们总裁办所有人一起给你刷留言。那么多人，太乱了，说什么的都有，不好意思啊！”胖子眨眨眼睛，“想起来没有？”

这一回，海星彻底想起来了。

她还来不及说些什么，胖子已谄媚地双手合十：“小姑娘，拜托你跟他说一下，你俩有什么事情，私下解决就好。我们急着下班，回家还有孩子要带，有家务要做，这么熬着，身体实在吃不消。”

海星环顾四周，办公室内灯火通明，精致的木质桌椅旁放着依旧苍翠的平安树，对面的墙壁上张贴着北欧风格的壁画，以灰色白色为主色调的办公室现代感十足。

可她还来不及感叹，便瞥见工位上一张张疲惫至极的脸。

海星有些尴尬，转过头看见胖子一脸的期待，想了想，说：“好吧，叔叔，我会跟他说的。”

“他在办公室里。”胖子指指大门紧闭的总裁办公室，“拜托你现在就去跟他说一下吧。”

海星慢慢走到那扇烟灰色的办公室门前，迟疑地敲了敲门：“请问……”

“没人。”里面迅速传来一个少年闷闷的声音，似乎是将自己埋在了一堆棉垫中。

海星沉默了一会儿，接着说：“我只是想说一声，你别闹了，以后你再点外卖，我也不会送了。”

“那你会被平台扣分的。”少年显然很了解平台规则。

“扣就扣。”海星狠狠心说，“大不了我们以后都不做外卖的生意了。”

“别啊！”里面的人认输了，好像从棉垫里爬起来，慢慢走到门后，声音清晰了许多，“我不点了，以后都不点了。”

“嗯，谢谢。”

少年继续说：“你把我从微信上加回来吧。”

海星犹豫了一下，没有说话。

“怎么啦？做个普通朋友不行吗？”

“我们，没什么共同话题，所以也没做朋友的必要。”海星想到他发给自己的那些照片，“想必你上的学校也是很‘优秀’的，还是跟你们学校的同学做朋友比较合适。”

里面发出一声嗤笑：“在云浅市，还有比澄景更优秀的学校？”

海星只好解释：“我说的‘优秀’，是指……比较有钱的那种。”

她说着，下意识地回头望了望，发现胖子和其他人不知什么时候离开了，整个办公室，只剩下她和这个“神秘”的少年。

海星再粗线条，也意识到如此的独处颇为不妥。她刚要转身离开，便听见门后低沉的声音：“我没有上学。”静了很久的少年终于再次开口，并且成功吸引了海星的好奇心。

“你为什么不上学？”海星顿住脚步，问道。

“太聪明的人不需要上学。”

“那你打开门，让我看看你聪明的样子吧。”海星忍住笑，突然对少年的长相产生了兴趣，“看完了，我就从微信上把你加回来。”

少年将自己埋回一堆棉垫里，声音重新变得沉闷：“别逼我，我不能见人。”海星吓了一跳，心想莫不是他长得特别吓人，又或者因事故毁了容？如此的话，咄咄逼人确实很伤自尊。

于是，她放缓了语气：“没事的，现在医学这么发达，你的脸完全可以补救的。”

“什么？你以为我很丑？”少年被激怒，“等一下，我找一张帅照给你。”没过多久，从门缝里“唰”地弹出一张照片。海星捡起来，照片上白净俊朗的男生分明在笑，而撇向一边的嘴角却显示出无比骄傲的态度，仿佛对周遭的一切都不屑一顾。

坦白说，他真是一个好看的男孩子。

里面传来少年扬扬得意的炫耀：“怎么样？为我帅气的外表倾倒了吗？”

“那么，你现在……”海星小心翼翼地问，“还是这个样子吗？”

“你什么意思？”少年是真的怒了，似乎也忘了禁忌，“咔嚓”一声拉开大门，将整个人暴露在海星面前，“好好看一下，我到底是不是个怪物？”

他的脸，果真跟照片上一模一样，穿着也是格外不羁。白色T恤上印着泼墨一般的五彩图案，外面套着一件黑色的机车皮衣，破洞牛仔裤松松垮垮地挂在腰间，海星一看他的打扮，就知道他绝不可能在任何一所学校就读。触到海星的目光，少年赶紧背过身，背影泄露了慌乱：“好了，好了，别看了。”

“你，还是很奇怪啊！”海星尽量不用敏感的字眼，“你身体……是不是哪里不舒服？”

这时候，天色完全暗下来了。大块的落地玻璃窗，隔音良好，将这里与楼下车水马龙的喧嚣完全分割开来，只看见对面楼上巨幅的广告灯牌，印着女明星温柔安定的笑容，将这个寂静的空间也衬得暖意融融。海星看不清少年的表情，却好似感受到一股无形的压力，让她的疑惑在嘴边犹疑着，迟迟没有说出口。

许久，少年轻轻开口：“我确实有病。”

“啊？对不起，我只是随口……”

“但不是你想象的那样……”

在陆与珩十七年的人生里，有一大半是见不到阳光的。

七岁之后，他终日只能待在一个封闭的房间里，四周是厚实的遮光窗帘，将日光遮蔽得一点儿痕迹都不留。房间里有床、洗手间、大排的书架、电脑、游戏机……他可以在这个房间里完成生活必需的全部。有人会定时送餐进来，有时他的父母不那么忙，也会亲自进来看看他。他们会抱着他，温柔地问：“珩珩，今天有没有好一点儿？”

“嗯。”

“想不想出去走走？”

“不了。”

“最近有人推荐了一位很不错的医生，不如我们去试试？”

“你们是想逼死我吗？”

父母噤声，谈话戛然而止。他们只能沉默地退出房间。

陆与珩躺在床上，睁大眼睛用力盯着天花板，天花板是一片空泛的白，而在他的眼里却能变幻出各种场景。

他在那里见过鲸游大海，见过鸟纵长空，见过漫山遍野像着了火似的花丛，而最后，总是以一个黑白默片作为结尾。

那一天，是小学一年级的期末考试。最后一科结束后，同学们纷纷被等在校门口的家长接走。陆与珩等了很久都没等到自家的司机和保姆。他勒了勒书包带，打算去找老师打电话给父母，走了几步却突然想起距离学校几条街的美食广场。每天上下学，陆与珩必定要经过那里，可是无论他如何威胁哭闹，保姆都不肯买那些小食品。难得今天司机迟到，他决定趁机去吃个痛快。

在此之后的很多年，陆与珩仿佛还能看到那个小小的自己，背着硕大的书包走在空无一人的街道上。私立学校建得偏僻，方圆几里内都没什么人烟。陆与珩看见那个小小的男孩，简单又固执，怀揣着即将大饱口福的美好憧憬，不知疲惫地走了很久很久，丝毫没注意到一辆面包车也跟着他慢慢驶了几条街。

行至最后一个路口，男孩停下来等红绿灯，他勒紧书包带，美食广场近在眼前，嘴角的笑意几乎漫出来。

就在这时，面包车也跟着停住，从里面跳出一个戴着面具的男人，用一块手帕捂住他的嘴将他抱上了车，整个过程突兀而迅速，他连呼救都来不及发出，就被手帕上的药物麻醉得失去了知觉。

在这之后，陆与珩记得自己一直置身于一个没有光亮的仓库里，反复地醒了睡，睡了醒，不知道过了多久。直到有一天，仓库门被持枪的警察撞开，后面跟着他双眼通红的父母。

他得救了。

绑架他的是一名普通的货运司机，平时靠在人力市场打零工为生，那辆面包车本是他的谋生工具，却因经济窘迫而变成犯罪的道具。

司机招供得非常痛快，绑架孩子，勒索父母，案情简单得一张纸就能记录完。最后，法庭以绑架的罪名判处司机有期徒刑十五年。

然而，陆与珩的刑期却是无期。

从那以后，他再也无法信任周遭的世界，害怕去公共场合，无法与人进行正常的交流。父母曾强迫他坐在教室里克服恐惧，他却因此尿了裤子成了全校的笑话。从此，陆与珩连学校都不能去了。

父母找来了最好的医生，最终陆与珩被诊断为社交恐惧症。

“乔医生，您是这方面的权威，依您看，我儿子的病能好吗？”父亲陆昭焦灼地询问。

乔医生略略沉吟：“这个不好说，以我的经验来看，社交恐惧症患者多是因恐惧而发病，单一恐惧者预后较好，恐惧对象广泛的恐惧症预后较差。那么，要看他到底恐惧的是什么……”

母亲苏瑾肿着眼睛极力微笑着，试图探出儿子的真话，问到最后，声音却接近崩溃：“珩珩，你告诉医生，你怕什么啊？你说啊！”

乔医生连忙劝阻：“好了，别逼他，这样会加重他的病情。现在我们要做的就是通过逐步递增社交的情境而增加他对恐惧的耐受性，从而达到消除社交恐惧反应的效果。不管怎样，先试试吧。”

陆昭按捺住几近失控的妻子，沉重地点点头：“好的，谢谢您，我们会尽量配合的。”

整个过程，陆与珩垂着眼睛，置身事外，一句话也没说。等到父母和医生离开后，他才躺回床上掀起被子将自己从头到脚地盖起来。

就这样，他在自己的世界里生活了十几年。

这些年，他只能依靠网络接受教育，结交朋友。虚拟世界里的朋友并不知道他的症结所在，所以他才能表现得从容自在。

那一日，他偶然看到澄景高中教育节目《开放课堂》的开播广告，抱着好奇心打开后，屏幕里竟然出现一个秃顶老师暮气沉沉的脸，正想关电脑，下一秒出现的，就是海星。

社交恐惧症让他压根没机会去和现实中的女生交朋友，大眼睛尖下巴这类漫画里最平常的设定，完全契合了他对于美丽的定义。

海星的出现，让他发现，这世界上真的有一个女生，这样符合他理想中二次元女生的模样。

第四章 不可理喻又不可阻挡

小女孩摘下花，做成花环，戴在罗伯特的头上。

『我好喜欢你。』她说。

罗伯特发现，她说『xihuan』的时候，表情总是笑眯眯的。

这一定是个很好的词。

小女孩抱着罗伯特，去看河水奔腾，树木生长。

小女孩说：『我们永远不分开好吗？』

她说『yongyuan』的时候，眼神坚定，熠熠发光。

这一定是个很好的词。

海星静静地听完了他的故事。

一开始，她还充满同情，直至听到关于自己的那段，不禁有些哭笑不得："等等，你看清楚，我不是二次元的人物，我不想你对我有什么不切实际的想法……"

说到这里，她心里微微一动，这句话，顾循也对她说过。她有多想摆脱陆与珩的纠缠，就跟顾循当初有多想摆脱她的纠缠一样。

陆与珩抬起头，却不敢直视海星的眼睛："我只想和你成为普通朋友，可是你删了我，我也没有勇气再加第二次。"顿一顿，又接着说，"听说你家里发生了一些事，我想帮忙，没想到还是给你带来了麻烦。"

"我不麻烦。"海星摇摇头，指向外面，"那些员工才有麻烦。请你以后别这么任性了。你的心意，我领了。"

"可是……"

"没有什么可是。"海星想也不想便堵住了他要说的话。

"好吧。"陆与珩小心翼翼地瞄了海星一眼，像极了一只受伤的小猫，"我就知道自己是个没用的笨蛋。"

海星皱了皱眉，不由得有些心软："别这么说，我知道你是好心。"这种安慰看起来苍白无力，但她不想拖泥带水，"我还要去学校上课，先走了，祝你早日康复。"

说完，海星转身出门，烟灰色的大门在身后关上，截断了陆与珩的视线。

回到港英大楼时，海星已经妥妥地错过了晚自习时间。

远远看见一个人影立在餐馆门口，海星心下一慌，唯恐是母亲等在那里问罪。走近了，才发现是虚惊一场："程葵，你要吓死我了，我以为是我妈呢！”

程葵抱着双臂，板着脸，没有说话。

“怎么了嘛？怎么感觉你不开心的样子？”海星小心翼翼地问，“谁惹你了？”

“能有谁，还不是因为你？”程葵冷冷地开口，“海星，你现在连晚自习都不上了，难道想以后继承餐馆送一辈子外卖吗？”

“不是……程葵，你听我说……”

海星刚想解释，就被程葵打断：“海星，你的理想到底是什么？”

气氛顿时静下来，海星面红耳赤试图解释的表情也跟着凝固了，程葵抛来的问题像一块重石直接砸在她的心上。

“海星，你以前跟我说过，你羡慕那些坐在演播台上光芒四射的新闻主播，你进校园电视台也是为了有朝一日成为那样的人。现在的你，都忘记了吗？”

“程葵……”海星低头嗫嚅，“别说了。”

“我偏要说，我还记得你跟顾循打了赌，发誓要进入年级前五十名，虽然我知道，你不可能到达那个名次，但至少曾经有一份跟随他的心意，现在你也准备放弃了吗？”

“程葵！”海星大声喝止，眼里不自觉充盈着泪水，“你知道校园电视台里的那些女孩从高一起就在外面上培训课吗？你知道上一节培训课需要多少钱吗？就算我爸没出事，我也没敢想过。”她声音里带着浓重的哭腔，“还有，前五十名的赌约就是个笑话，是顾循不想让我纠缠他的一个借口。”

“我甚至知道他为什么借书给我，比起这份怜悯，我宁愿他像从前一样看不起我。程葵，你明不明白，被别人可怜是多么挫败？”最后一句话，海星几乎是拼尽全部的力量喊了出来。

程葵没有想到，一向天真的海星也藏着这么多心事。她沉默了一会儿，走上前用力抱住闺蜜不断抽泣的双肩。

“对不起，我不该说这样的话。”她低声说，“一切都会好起来的，一切都会过去的。”

海星抬起头，擦了擦眼泪，声音还是哽咽着：“会吗？真的会变好吗？”

“一定会的，我向你保证。”

海星抬起头，破涕为笑：“那我也保证，以后不会因为送外卖而错过上课……”

话还没说完，手机却传来清晰的外卖提醒：“你有一条新的外卖订单，请注意查收。”

刚才太乱了，她忘记将店铺打烊，此时收到订单，只能尴尬地向程葵解释：“程葵，我不是故意的，这一单如果不送，被人投诉就完了。”

“哎，好吧，我陪你去。”程葵有些不放心，“这么晚了，你一个人不安全。”

海星想了想，笑着同意了。

这次的地址有些远，且是夜间，客人加了双倍的服务费。海星回餐馆催促母亲做好了餐品，拎上盒子就要出发。丁梅不放心她这么晚出去，程葵解释道：“阿姨，你放心吧，不是海星一个人，还有我呢。”

快年下了，街道旁早早挂上了通红的灯笼，在夜里蔓延成光海。两个人骑着单车一路说说笑笑，并不觉得孤单。

“程葵，今年除夕我们也一起去放烟花好吗？”海星揉揉自己冻僵的脸，大声问道。

程葵看了她一眼："每年都是你爸给我们买烟花。"

海星顿时就被拉回了现实："是啊，看来今年放不了烟花了。"她转过头，望了望对面楼上挂着的彩灯，呼出一口寒气，"不知道我爸现在怎么样了。"

"还没请到律师吗？"

"我妈已经去打听了。"海星垂下眼睛，"我们请不起好律师，那些刚从业的律师费用很低，但请来又有什么用？"

"慢慢来，总能找到的。"程葵安慰道。

又过了十分钟，才到了送餐地点，海星搓了搓冻得通红的手，从兜里掏出手机核对了一下地址：观澜城，D栋48。

观澜城是别墅区，在云浅市颇有名气，又因建在市中心，奢侈度可见一斑。门口的保安非常尽责，仔细询问了海星的身份，并用内线联系了业主才对两人放行。

海星进去时，才发现，观澜城里的建筑都是仿照苏州园林景观设计的。

假山流水，树木幽深，其间错落布置着几十幢独栋别墅，要找到其中一幢，并不容易。她和程葵借着暗淡的路灯慢慢摸索，好不容易才来到D48门口。

程葵等在大门口，海星拎着外卖去敲门，黑白外墙下，暗红色的大门虚掩着，稍微一推便开了。海星一边探头张望一边掏出手机打给客户："喂，您好，您的餐已经送到了……"

"你直接进来吧。"

对方的声音颇为沉静，还有一些耳熟，海星怔了一下，小心翼翼地穿过防腐木铺就的偌大庭院，来到两层小楼前。

白色的外墙上钉着一块小小的铭牌，在射灯的照射下字迹清晰可辨：顾远淮律师事务所。

至此海星才意识到那个熟悉的声音来自谁，她将视线从铭牌上收回，抬眼便看见倚靠在楼门旁的顾循。

别墅的门厅上挂着一盏古朴的吊灯，投射下昏黄的光线。顾循的脸庞陷落在明暗之间，看不清表情，只能看见轮廓分明的侧脸。

他伸出一只手，说道：“给我吧。”

海星乖乖走上前，将装有餐盒的外卖袋递给他：“祝你用餐愉快，有问题随时联系我。”

“嗯。”

“那我先走了。”

“好。”

海星没有多话，转头就向大门口走去，身后又传来顾循的声音：“哎……”

他叫住她的时候，好像犹疑很久才下定决心。从开学到现在，他逐渐习惯了她的赖皮，她的纠缠，她耿直的天真。但突然间这些都不见了，再次出现在顾循面前的海星，是一个让人看不懂心事的女生，正常得让他有点儿失落。

她甚至都没有质疑他隔这么远点她家外卖的动机，这反而让他忍不住先开口。

海星回过头，看见顾循仍旧站在那里，连姿势都没变。他穿着一套蓝色格纹的家居服，刚洗过头，头发潮湿凌乱，从头到脚都散发着沐浴露的清香。

看起来，他好像也没有那么不近人情。

“你进来坐坐吗？”发出这句邀请后，顾循就尴尬地扭过了头。

“不用了。”海星礼貌地拒绝。

“我爸在家。”

“真的不用了，很晚了。”海星摆了摆手。

顾循扯扯嘴角，这么明显的暗示，她居然一点儿都没领会。看来不论她变成什么样子，智商是不会变的。

“我的意思是，你不是想请律师吗？”顾循深吸一口气，加重语气，“我爸在家。”

“啊？”海星终于明白了他的意思，但很快又泄气，“我请不起你爸的。”

“我跟他提过了，他可以考虑给你们提供法律援助，不收费。”想了想，又补充道，“反正律所每年都有法援的任务，也是顺便。”

别墅里暖气开得很足，透过门厅丝丝缕缕地吹到海星身上，使她冻僵的四肢渐渐活泛过来，她低头思考了一下：“改天可以吗？今天太晚了，程葵还在外面等我。”

“可以，那我约好时间再通知你。”顾循将外卖放在地上，伸出手，“手机给我。”

当顾循将手机还回来时，海星才发现，微信联系人里赫然躺着他的名字。

“回去时，注意安全。”说完这句话，顾循便转身离开，门厅的灯随之熄灭。

庭院里栽了一棵巨大的菩提树，月光下幽幽静静，禅意十足，而海星怔在原地，思索着刚才发生的一幕，仍旧有种强烈的不真实感。她回过神，走出大门，将刚才发生的事情告诉了程葵。

程葵缩在厚重的羽绒服里沉默了一会儿，随后笑了笑：“这是好事啊，你要牢牢把握住！现在，没有比救叔叔更重要的事了。海星，越是没有希望的时候，越是不要放弃希望。”

顾循很快给海星发来了见面时间，贴心地选在了周日下午，还征求了她的意见：“我爸习惯在家里谈案子，你看可以吗？”

海星赶紧答应：“可以的。”

尽管那片别墅奢华得让她压抑，但她哪好意思顾及自己的感受，到了约定的时间，就准时出发了。

到了别墅门口，海星深吸一口气，酝酿好想要说的话后才按下了门铃。

顾远淮正靠在沙发上看电视，听到门铃才懒洋洋地穿上拖鞋去开门。

眼前的女生穿着厚重的鹅黄色羽绒服，拉链拉到脖颈，露出一小截衬衣领口。仔细看，还可以看到领口处“海天酱油”的小logo。一个穿着毫无版型可言的超市赠品的女生，实在没什么品位可言。

顾远淮扫一眼她空荡荡的双手，眉头微蹙。作为资历深厚的律师，同时又是云浅市律师协会的会长，但凡市里出了什么疑难的案子，大家都会不约而同地想到他。到了他这个级别，接案子，往往会综合评估案件的影响力、难度甚至当事人合不合眼缘。

很明显，眼前的女生不符合他的要求。

当顾循主动敲开他书房的门，吞吞吐吐地提到这个案子时，顾远淮已经敏锐地捕捉到女生在儿子心目中的地位。他略微一怔，继而绽开一个温暖如春的笑容：“好呀，阿循，你约她来家里聊一聊。”

顾循略微不安地搓着手：“爸，不好意思，你这么忙，还给你添麻烦。”

“你委托我的案子，爸爸就算再忙，也会答应的。”

“谢谢爸，那我先去做作业了。”

见顾循要走，顾远淮想了想，叫住他：“对了，大学的事考虑得怎么样了？”

顾循停住脚步，皱着眉头想了一会儿，书房里地暖开得很足，满室红木家具散发出若隐若现的木质香气，他抬起头，望着墙面的一幅八骏图出神：“爸，我想我还是在国内读大学好了。”

“为什么呢？”顾远淮有些惊讶，“不会是为了那个女生吧？”

“你和妈不是也希望我在国内读完大学再出国留学吗？”

“没错，这是我们对你的规划。”顾远淮用手指弹了弹桌面，“但你一开始转到澄景就是为了常青藤盟校的名额，现在却想留在国内……是因为我们，还是因为那个女生，只有你自己最清楚。”

顾循没有说话。

“顾循，爸实在不想让你以后后悔……”

“爸，你别说了。”顾循略微不耐烦地打断，却也不愿解释太多，“我心里有数。”

到底只是一个十六岁的少年，嘴上倔强地不肯承认，眼神却流露出对某个人固执的维护。

顾远淮望着顾循转身离开的背影，叹了口气，脸上的笑容渐渐消失。他环视四周，目光停在书桌一角的相框上。

相框里没有照片，只镶嵌着一本证书，“云浅检察”四个金字在墨蓝底色上熠熠发光。

顾远淮二十二岁大学毕业，通过法律职业资格考试，顺利进入云浅市检察院。

那时的他怀着对工作的一腔热忱，对检察官的身份奉若至宝，直到发生那起著名的抗诉案件……成为业界笑话后，他果断从检察院辞职，加入了律师队伍。

初做律师时，顾远淮忙着四处寻找案源，闲时还要和公检法的朋友们打打球吃吃饭联络一下感情，时间永远不够用。所幸顾循从小到大都是“别人家的孩子”，心智比同龄人成熟，虽然他一直是顾远淮的骄傲，但因为聚少离多，两人的关系难免疏离。所以，顾循拜托他时他二话不说就答应下来，至少，表面上看，他确实没有驳儿子的面子。

然而，面对海星，顾远淮觉得自己无法包容。

现在，谁会两手空空地上门求人？总该提点儿水果吧？然而海星就这么干干净净地站在他面前，目光清亮，看上去坦荡得令人讨厌。

做久了律师，顾远淮最讨厌这份坦荡。他自己没有的东西，也害怕在别人身上看见。

海星见顾远淮一直盯着她，有些尴尬，犹豫了一下还是询问道：“请问，您是顾律师吗？”

顾远淮回过神，笑着回答：“哎，你是海星？顾循的同学？”

“嗯。”海星局促地抿了抿嘴唇，拿不准是叫他叔叔比较礼貌，还是称呼顾律师比较合适。

所幸顾循的出现及时救了场：“爸，你们到书房坐吧，我已经叫阿姨送了茶水过去。”

海星不安地跟在顾远淮身后，穿过别墅一楼悠长的走廊，走廊一侧的墙面上挂了几幅花鸟图，另一侧栽种了一排青翠的竹。到了书房，幽幽的檀香扑鼻而来，雕花的木窗虚开着，传来一丝凉意。

顾远淮走到书桌旁，将桌上一幅未完成的书法收好，递给顾循：“你去楼上练字吧，我和海星在书房谈。”

“嗯，好。”顾循接过宣纸，径直出了书房。

少了顾循，气氛顿时就尴尬起来，海星坐在偌大的太师椅上，感觉自己渺小得像一只蚂蚁。她犹豫了一下，缓缓开口：“顾律师，我给您讲一下我爸的案子？”

“好的，请讲。”顾远淮端起茶杯，细抿了一口。

海星从兜里掏出一张纸，为了不漏掉案件的细枝末节，她特地熬夜做了提纲，斟酌地叙述着案件的起因经过：“……总之，我不相信我爸会把人推下楼，虽然存在失手的可能，但我相信他不会这样。”

海星说完后，顾远淮点了点头：“我相信你，但是法院不会采信这些感性的认识。”

“顾律师，希望您能帮帮我。”

顾远淮不动声色地抿了一口茶，停顿许久，才微笑着开口：“海星啊，我不知道你之前有没有了解过我的资料？”

“嗯？”

“我不接刑事案件的。”

“顾律师，我知道，可是……”

“我很同情你的遭遇。但是，我不熟悉这个领域，如果接下这个案件，对你对我都是不负责任的。”

海星怔住了，以她的年龄和阅历，还不足以看出顾远淮推辞的伎俩。此时此刻，她只怪自己没能说动他。

“这样吧，我给你推荐一位专攻这方面案件的律师。”顾远淮从钱包里抽出一张名片递给海星，“不过，他的费用很高，你可以综合考虑一下。”

“谢谢。”海星接过名片，礼貌地感谢道。

“其实，我本想拒绝顾循的，但是怕他以为我是故意推辞。”顾远淮盯着海星，斟词酌句道，“这个年纪的孩子，和父母特别难相处，我不想他对我有什么误会。所以，你看……”

海星很快领会了他的意思：“顾律师，你放心，我知道该怎么做。”

顾远淮笑了笑，温柔地说：“那叔叔祝你一切顺利。”

出了书房，海星失望地垂下头，手中的名片已被她攥成一团。

张青这个律师的名字，海星还是知道的，毕竟这些日子以来，她一直在查找这方面的信息。可是，就像顾远淮说的，这个律师的费用很高，高到海星根本无法承受。她想了想，还是将名片放进了口袋，毕竟有希望总比没希望要好。

来之前经过的走廊，此刻显得格外漫长，一侧的竹林沙沙晃动，在地面投下婆娑的树影，海星低着头心事重重，冷不防撞上了人，抬起头，才看到顾循挡在面前。

“这么快就谈完了？”他漫不经心地问道。

“嗯。”

“怎么样？我爸接了案子吗？”

“没有。”海星说完意识到不妥，急忙补充，“是我不同意的，我认为叔叔并不擅长这个领域，只是让他帮我推荐了一个律师……”

“别的律师？”顾循若有所思，“你有钱请吗？”

“总会有办法的。”海星硬着头皮逞能，“总之，还是谢谢你了。嗯，还有，上次你借我的书……也谢谢你。”

顾循扭过头，有些尴尬：“不客气，举手之劳。”

海星努力挤出一个笑容：“那我就不打扰了，先走了。”说完，她绕开顾循，径直走出了大门。

顾循没有送她，只是转过头，静静地望着她倔强的背影，直至她的身影隐没在深红的大门外，才收回视线，趿拉着拖鞋上了楼。

那幅未完成的书法还摊在书桌上，是元代徐再思的名作《折桂令·春情》。清正俊逸的颜体楷书，一笔一画都泄露了书写者的心事。

平生不会相思，才会相思，便害相思……

几百年前的古人，将少年的心绪写得真率坦诚，毫不掩饰。顾循看了许久，而后苦笑一下，将整张纸揉作一团，扔进了垃圾篓。

顾远淮介绍的律师很敬业，在海星联系他的当晚，就将代理过的相似案例整理发送过来，随之还有一份详尽的收费标准。海星躲着母亲，趴在床上把每一个字都消化了一遍，最后她不得不承认，收费很合理，然而也很高昂。

自从上一次凌晨从观澜城回来之后，丁梅说什么也不让海星去送外卖，索性关闭了外卖平台，只依靠餐馆勉强生活。

外卖平台关闭之后，餐馆的收入减少了很多，海星知道丁梅根本负担不起高昂的律师费。

她将头探向窗外，正好看见丁梅弓着腰从餐馆里端出一大盆脏水倒进门外的下水道。

海星望着那个几乎被硕大洗菜盆压垮的背影，咬了咬牙，决定自己想办法。

她上网搜索了澄景高中附近的兼职信息，最后发现只有送外卖适合她。送外卖的时间相对自由，而且临近过年，缺人严重，每单的提成也高。

海星打电话询问了负责招聘的人，对方只是简单地问了一下她的情况，知道她是兼职，没有多说什么，便通知她第二天入职。

海星跟丁梅谎称以后要参加夜自习，可能要很晚才能回来。丁梅没有怀疑，只是嘱咐海星要注意身体。搞定了母亲之后，海星才放下心，充分利用上课之外的所有时间送外卖。尽管这些只是杯水

车薪，但海星想先赚到定金，快点儿和律师签约。

送外卖的日子艰苦异常，宽大丑陋的工作服偶尔因为流出的汤汁散发出难闻的气味，双手也时常冻得没有知觉，虽然艰苦，但她还是瞒着所有人咬牙坚持着。

这天，海星像往常一样，下了晚自习就骑着单车来到常去的便利店，平时同行们都聚在这里等订单。她在工作服的外面套了一件长款羽绒服，将拉链拉到最高，而寒气还是无孔不入，冻得她直打哆嗦。

海星一边搓着手，一边点亮手机屏幕，接收最新的订单信息。

“时代广场二楼？”一旁倚着电动车闲聊的外卖小哥凑过头来看了看海星的订单，因为知道她是学生，大家都对她格外照顾，“二楼不是一家 KTV（配有卡拉 OK 和电视设备的包间）吗？你要小心一点儿啊！”

海星翻阅订单详情，客户订了一只烤鸡，指定要做好保温措施，尽快送到。

“这种附加一堆要求的客户最麻烦了，一不留神就要投诉你。你别跟人家顶嘴，被投诉你这一天就白干了。”小哥苦口婆心地嘱咐道。

“嗯，我知道。”海星笑了笑，似乎是感冒了，藏在口罩背后的声音闷闷的。

因为同行的提醒，海星对这单格外慎重，生怕耽误时间，去店里拿了包装好的烤鸡就径直向时代广场赶去。

时代广场二层以上都是写字楼，在白天看起来秩序井然。而整个二层是一个超大的 KTV，只在深夜营业。炫目的招牌底下，有几个喝醉的人大声嚷嚷着，海星小心翼翼地避开，调整好情绪后给客人打电话："喂，你好，你的外卖已经送到了，我在大堂……"

不出所料，手机里传来醉醺醺的声音："什么啊……哦，送外卖的啊……你给我送进来……"

"不好意思。"海星很谨慎地道歉，"保安不让外卖员进去，我只能在大堂等。"

"什么玩意儿？"酒臭仿佛顺着听筒扑面而来，随之而来的是不讲道理的咆哮，"我花了钱还得不到服务？我叫你送进来，你就得给我送进来，否则我给你差评！"

"对不起，我真的进不去，保安就在门口守着。"海星摘下口罩，KTV 里传来的浓重烟味呛得她咳了几声。

"行，你给我等着。"

话音刚落，电话就被挂断了。海星提着那只烤鸡，不知所措地站在原地。很快，大堂一旁的通道出现一个踉踉跄跄的身影，他走到大堂停顿了一下，环顾四周，继而径直朝着海星奔过来。

"啊！你就是那个送外卖的吧？"面前大腹便便的中年男人显然喝醉了，说话间还不停地打着酒嗝，"我的烤鸡呢？"

海星赶紧将手上的包装袋递上去："在这里，还是热的呢，祝您用餐愉快！"

中年男人将烧鸡举过头顶，使劲盯了一会儿："不要了，凉了！"

"没有啊！"海星吓了一跳，"我刚才摸了，还是热的。"

"谁让你那只脏手乱摸的，我还要不要吃了？"男人大声嚷嚷着，"不要了，差评！退款！"

"别这样啊，叔叔。"海星努力争辩着，"我好不容易才送过来，这么冷的天。"

“冷不冷关我什么事？”中年男人摆出一副不讲理的样子，推了海星一把。

“叔叔！你能不能讲点儿道理？”海星也怒了，语气强硬起来。

“谁跟你一个送外卖的讲道理？老子不高兴，老子就是要退款，要投诉！”男人上前一步，近乎蛮横地撕开包装袋，拎出里面的烧鸡向海星甩了过去。海星猝不及防，被烧鸡砸中，油腻的汤汁顺着刘海滴在地上。

海星抬手抹了一把脸，眼泪和油污混合在一起，非常狼狈。

周围半醉不醉的人群“呼啦”一下围了过来，借着大堂迷离的光线，每个人脸上都折射出一种怪诞的幸灾乐祸。

“哟！打架了，打架了！快来看！”

“看样子还是学生，现在的学生都嫌作业太少了吧？”

海星没有说话，弯下腰捡起地上的烧鸡，径直走到醉醺醺的男人面前，拉开他的衣领将烧鸡整只塞了进去。

男人的胸前立即鼓起一坨，油污迅速地扩散开来。整套动作一气呵成，没有任何停顿，男人始料未及，吓得倒退一步。

围观的人群也呆住了，现场死寂了好一会儿。

“你找死！”男人反应过来，猛地冲上来揪住海星的衣领，KTV的保安赶过来，急忙上前阻拦，大家扭作一团。

“别闹事！别闹事！”保安不住劝道。

男人怒吼：“这家伙自找的！”

海星被一股巨大的力量摇晃着，在令人头晕目眩的灯光里，犹如风中单薄的一片树叶，她咬紧嘴唇，一声不吭。这副态度彻底激怒了对方，男人抬拳就要揍下去。

保安用力拦住，急忙道：“小姑娘，你就给他道个歉！”

海星倔强地没有开口，在男人的拳头挥到她脸际的那一刻，一把抓住他的手臂，拼尽全力一口咬了下去。伴随着男人吃痛的尖叫声，一个戴着口罩的人影冲了过来。他用力推开男人，抓起海星的手，迅速冲出了KTV。

“喂，你干什么？”刚出了时代广场，海星就甩开他的手，“我不认识你。”

少年没回答，伸出手：“单车钥匙。”

鬼使神差般，海星将钥匙递了过去，少年开了锁，跨上单车，冲海星抬了抬下巴：“快点儿上来，不然那个男人追出来，可就麻烦了。”

眼前的少年穿着黑色的羽绒服，五官都藏在口罩之下，发出的声音有些闷闷的，海星分辨不出，却有一种似曾相识的感觉。她想了想，还是坐了上去。

冬夜潮湿而萧索的街道上，突然下起了细密的雨，昏黄的路灯一盏盏从身侧擦过，海星被冷风一吹，逐渐回过神来，她盯着少年的背影试探地问：“顾循？”

对方不置可否，没有回答。这样的风格，像极了顾循。

海星绷紧的身体松弛下来，霎时间眼泪就涌了出来，她抽了抽鼻子，拍了对方的后背一下：“顾循，你怎么知道我在这里？”

眼前的人猛地停住，一条腿撑着单车，扭过头拉下口罩：“你在叫谁的名字？”

“陆与珩？”海星立刻不哭了，抹去泪水，迅速跳下车，“怎么是你？”

路灯投射下的光线里混着细密的雨，朦胧地罩在陆与珩棱角分明的脸上。他看起来有点儿受伤：“不然呢？还有谁会在这种鬼天气跟着你送外卖？”

海星指着他的鼻子，指责道：“你跟踪我？”

“喂！”陆与珩气恼地皱起眉头，“你就这么跟救命恩人说话？”

“救命恩人？这么说，你一直在旁边看着我被欺负？”海星随手抹了一把脸上的雨水。

陆与珩语塞，他也不知道要从何说起。其实，跟海星猜的差不多，他确实从一开始就躲在一旁。他积蓄了很久的勇气，不断说服自己，才能冲出来，也仅仅是冲出来带走她，他不敢跟别人动手，哪怕对视一眼，都几乎要晕过去。

见他没有说话，海星幽幽地叹了一口气，真挚地看着他的眼睛：“我知道你有社交恐惧症，你能冲出来救我，已经很勇敢了。谢谢你！”

虽然她态度真诚，但是陆与珩还是能从她的话里听出一丝失望和疲惫。他想了一下，提议：“要不我请你去吃点儿东西吧？”

“好啊，折腾了一晚上，我确实饿了。”海星丝毫不扭捏，“我请你，谢你的救命之恩。”

这个时间，也只有 24 小时营业的麦当劳还开着门。深夜的麦当劳，灯明几净，消费也不高，非常适合她。

“我先查一下优惠券。”一进门，海星就把陆与珩按在凳子上，晃了晃手机，“你想吃什么？”

“什么都可以？”

“嗯，不要客气。”

“那就一个鸡排吧。”

“嗯……还有想吃的吗？”

“板烧鸡腿堡。”

“还有呢？”

“麦辣鸡翅。”

海星在优惠券页面来回拨拉了好几回，抬头充满怨气地看了陆与珩一眼：“为什么你点的都是优惠券上没有的东西？”

“请客还要限制菜单吗？”陆与珩笑了笑。

“当然不是。”海星下意识地否认，没骨气地噘了噘嘴，“我的意思是，你要不要再加点儿什么？”

“好啊，再加一杯珍珠奶茶。”陆与珩丝毫不客气。

又是优惠券上没有的！

海星恨恨地关上了手机，起身准备去柜台点餐，陆与珩从身后扯住她的衣角，强忍着笑意说：“行了，我来吧。我请你。”

“你真的不用跟我客气。”海星皱了皱眉。

“我不是客气。”他看着她因疲惫而布满血丝的双眼，“你送一单外卖才多少钱？一晚上才赚多少钱？我是可怜你。”

海星一下就垮了，无力地坐回椅子上，嘴上却犹自逞强：“所以我想让你点优惠券上的东西啊，可以省一些。”

陆与珩轻轻地笑了一下。这样了然于心的笑容，让海星的眼睛瞬间湿润。她抿住嘴唇，将两只手搁在桌面上，来回较着劲。

“别拒绝我了。”陆与珩小声说，“就让我帮你吧。”

他的好意来得太过直接，让海星措手不及，和顾循不同，陆与珩的心意不需要去猜。

“不，不，我们连朋友都算不上，真的不麻烦你。”海星连连摇头。

“海星，你先听我说完。”陆与珩转头看了一眼柜台，服务生公式化的微笑让他迅速别过了脸，“你别看我现在这么正常，其实，我连去柜台点餐的勇气都没有。

“我也不知道为什么能面对你，或许下意识里，我把你当作了虚拟世界里的人物，并不害怕。我想和你成为朋友，朋友之间互相帮助，不是很正常的事吗？”

海星垂着眼睛去抠桌面上的广告，好半天才低声发出一句反驳：“就算是朋友，也最好不要有金钱上的帮助，那样，就不平等了。”

“从今晚开始你的外卖生涯就断送了，你还有什么办法赚钱？”

“总会有办法的。”

陆与珩直起身子，无奈地说：“好吧，那我保证不给你金钱上的帮助，只给你提供方法总可以了吧？”他拿出手机，点开一个界面，递给她，“云浅电视台要举办一个高中生主持人大赛，冠军有三万块的奖金，我觉得你可以去试试。”

“你怎么知道？我们老师没有通知啊！”海星一脸茫然。

“这个活动今天刚刚公布，过不了多久，澄景的人就会知道。你要不要报个名？可是有三万块的奖金哦。”陆与珩耐心劝道。

“我？”海星指指自己，不觉哑然失笑，“我这种水平，去跟那些学播音主持的特长生竞争，不太好吧？”

“说不定你运气好呢？”

“借你吉言啊！”

“喂，我是认真的。”

“好吧好吧，那我先报个名。”海星无奈地笑了笑，迅速将页面浏览了一遍，“比赛时间在周末，也不需要报名费，要是得个优秀奖，也有三千块奖金，说真的，电视台还挺大方的……”

陆与珩望着海星碎碎念的样子，暖黄的灯光下，她明眸皓齿，楚楚动人，毫无版型可言的羽绒大衣，偏偏她就能穿得格外好看。

“你在看什么？”海星猛地抬头。

“没什么。”陆与珩尴尬地扭过头，“我只是在发呆而已。”

“哦。”海星有点儿担忧地伸手在他眼前晃了晃，“这是社交恐惧的一种症状吗？”

“嗯……应该是。”

“你病得不轻啊！”

“才没有……”陆与珩烦躁地抓了抓头发，显然不愿意继续这个话题，正要辩解，却因为海星的下一句话迅速掉转了风向。

“我试试帮你克服这个毛病吧？”海星笑眯眯地问。

“真的吗？”陆与珩眼睛一亮，身体不由自主地坐直，随即换上一副严肃的表情，“我这病，特别严重，特别需要你的帮助。”

海星自然没听出他一本正经的胡说八道，沉吟片刻，一脸认真地分析：“首先你要克服对人群的恐惧。嗯……就从明天开始吧，明天是周日，没有课，我们晚上约在百方见面吧。”

百方购物中心是云浅市最大的综合商业体，坐落在城市中心。远远望去，银白色镜面外墙，在五颜六色的霓虹灯下反射出炫目的光点，巨大的玻璃旋转门下，人来人往，一派繁华。

海星与陆与珩来到商场时，正是逛街的高峰时段，陆与珩站在门口，双腿像灌了铅一样动弹不得。

“海星。”他犹豫着开口，“等一下。”

“你怎么了？”

陆与珩左顾右盼，胡乱找了个借口：“我还没吃饭，有点儿饿，咱们先找个地方吃饭吧。”随后，又补充道，“安静一点儿的。”

“也好。”海星见他脸色极差，想了想，从背包里拿出事先准备好的黑色口罩，“喏，你戴上吧。”

陆与珩尴尬地抓抓头发：“这样不好吧？”

海星笑了一下，干脆踮起脚尖，替他戴上口罩：“不会啦，我知道你这样比较有安全感。”

突然靠近的脸庞让陆与珩心跳加速，他不知所措地站在原地，任凭海星替他戴上口罩。

购物中心明亮的灯光透过玻璃映在海星脸上，将她的肤色衬得更加白皙，眼睛却水润明亮。陆与珩甚至可以清楚地看见她嘴角两个不易察觉的梨窝，让人移不开视线。

他尴尬地轻咳一声：“快走吧，我快饿死了。”

刚进商场，便能看见中庭悬挂着的一盏硕大的灯笼，天井四周缀满大大小小的中国结，人们三三两两地聚在一起借着背景拍照。陆与珩不敢抬头，径直向电梯走去，海星跟在他身后，不住地替他向误撞到的人道歉。

到了电梯口，海星刚想松一口气，陆与珩却和刚出电梯的短发女生撞了个正着。女生的另类打扮使人过目不忘。松垮的大 T 恤上布满涂鸦，破洞牛仔裤下裸露着膝盖，这么冷的天，竟然只穿着一件超薄的外套。

海星刚想道歉，女生直接恶狠狠地瞪了陆与珩一眼：“你出门没带眼睛啊？撞到人了知不知道？”

“对不起，对不起。”海星赶紧站到两人中间，“他不是故意的。”

“神经病！”女生嚼着口香糖，丝毫不理海星的道歉，骂骂咧咧地离开了。

“什么人嘛，明明不是故意的。”进入电梯后，海星一脸不忿，可下一秒，就被突然冲进来的人群吓了一跳，“人……怎么这么多？”

“因为是周末吧？”陆与珩满脸无奈。

电梯缓缓上行，海星无意间瞟了一眼对面的 LED（发光二极管）

显示屏，大屏幕上正循环播放着各种促销信息，她看了一会儿，目光突然被下方滚动的信息条吸引住：**《星火燎原》城市赛报名仅剩两天，等你来战！**

她赶紧拽了拽陆与珩：“喂，你会玩《星火燎原》吗？”

“开玩笑，我是玩《星火燎原》的大神好吗？”陆与珩的语气颇为得意。

“那你去报名吧。”海星兴奋地盯着滚动的信息条，一字一句念出来，“本次比赛由《星火燎原》官方主办，将在全国十二个城市举行线下选拔，城市赛优胜者将会进军冠军杯，角逐最高荣耀和高额奖金……”

“叮”的一声，电梯停在了八楼，狭小的空间里只剩他们两个。

陆与珩还在犹疑，海星已经自作主张地关上了电梯门，按下了四楼的按钮。

四楼整层都是电玩中心“天空之城”，也是这次《星火燎原》城市赛在云浅市的海选场所。

见陆与珩有些抵触，海星轻声解释：“你不是说自己不怕虚拟世界里的人吗？这个比赛恰好将虚拟世界与现实世界连接起来，你会发现，虚拟世界里那些并肩作战的好友，其实都真实存在于你的生活中啊，你的身边，并非全是危险和陷阱，还有很多善良的朋友。”

陆与珩没有说话，只是慢慢地点了点头。

电梯门打开时，震耳欲聋的音乐声扑面而来，“天空之城”四个荧光字在昏暗的灯光下闪着刺眼的光芒。走进去后才发现，电玩城里临时搭建了一个比赛舞台，舞台正上方悬挂着一块巨型屏幕，正下方摆放着的银白色长桌，将十名玩家分成红蓝两队。

比赛刚进行一半，红队的城池就被推倒，现场的围观群众发出一阵阵唏嘘。

海星拉住一个围观的男生问道："这是在海选吗？怎么才能报名？"

"你得先有一支队伍！"男生扫了海星一眼，不屑地说，"女生玩这个？你行不行呀？"

"我想替他报名。"海星将陆与珩推上去，"你的队伍还差人吗？"

"我……没有队伍。"男生沉吟片刻，拍了一下手，"不如咱们临时拉个队伍试试吧，说不定走狗屎运进决赛了呢？"

男生显然是电玩中心的常客，没一会儿就熟络地拉来了几个年纪相仿的少年，大家胡乱介绍了一下，就到客服中心报名参赛了。陆与珩立在一旁，将口罩往上拉了拉，看上去有些紧张。海星试探着问："你还好吗？可以参赛吗？"

陆与珩此时此刻有一千一万个理由想逃跑，但看着海星关切的眼神，一声不吭地点了点头。

比赛很快就开始了。

蓝队已经连赢六局，正是斗志昂扬的时候，陆与珩这边本就是玩票性质，态度也不算端正，嘻嘻哈哈地光选人物就选了半天。

海星站在观众群里，担忧地看了一眼陆与珩，他低着头，口罩几乎遮住了他整张脸，只露出一双眼睛，而当开场的音乐响起时，他的眼神却突然变得明亮而锐利。

四周的灯光都暗了下去，大屏幕成为最醒目的光源，聚焦了全场的视线。

陆与珩选了法师，典型的输出型人物，虽然攻击强劲，但血少易死的弱点也非常明显。四处是熊熊燃烧的战火，法师手持魔杖穿越层层障碍，直抵对方塔楼。对方的防守也不是等闲之辈，立刻组织火力进行反击。

“轰隆”一声。

血槽瞬间降低，法师倒地阵亡。

队友没有跟上他的步伐，还在其他辅路上乱跑，没有牧师的辅助救援，单枪匹马的法师注定没有活路。

在等待回城复活的30秒里，陆与珩扭头看了一眼自己的队友，他们嘻嘻哈哈地一边埋怨牧师没有及时跟上法师，一边又毫无组织地继续乱跑。

陆与珩无奈地扯了扯嘴角，收回了视线。

30秒后，法师复活。这一次，他一反常态，以草丛作为掩护迅速从侧路奔向对方塔楼。陆与珩在手机屏幕上快速滑动，操作灵活得令人叹为观止。他闪过小怪重重的阻碍，保存魔力想一举击垮对方塔楼。因为知道自己没有队友可以依靠，他只能顾虑得更加全面，不得不将操作技巧作为完成战斗的唯一救援。

所有人屏住呼吸，生怕错过每一秒。

而陆与珩操作得越华丽，海星越为他担忧。她知道，陆与珩曾尝试去信任队友，但失败了。现在的他恢复了设防，决心以一己之力赢得这场比赛。但是赢了又如何？只会让他更加不信任周围的人。

围观的观众发出一阵欢呼，海星望向大屏幕。

法师正以惊人的操作闪过对方重重炮火的袭击，放下一个天雷摧毁了对方的塔楼之一。

对方战队一阵骚动，小声商议着战略，在这短暂的停顿里，陆与珩突然起身，脚步匆匆地走向洗手间的方向。

起初，大家以为他只是去一趟洗手间，然而，直到蓝队集中火力将他们的塔楼全部推倒，陆与珩仍旧没有回来。

他就这样凭空消失了。

在一阵惋惜声中，蓝队再一次取得了胜利。海星站在原地等了一会儿，隐隐觉得不太对劲，联想到陆与珩的异常，怕他出现意外慌忙向洗手间赶去。

好不容易找到洗手间的位置，海星却犹豫了。虽然旁边放着“正在维修，请勿使用”的提示牌，但她总不能直接进男洗手间寻人吧？可是时间不等人，万一陆与珩出什么事……一种不好的预感袭上心头，她焦急地大喊道：“陆与珩，你在里面吗？”

没有人回答。

“你再不说话，我就进来找你了！”

还是没有人回答。

海星都快哭出来了，想到自己的一番好意，反而让他跌进另一个陷阱，内心就无限悔恨。她抽抽鼻子，带着哭腔继续喊：“喂，再没人说话，我就报警了，说真的，我……”

话还没说完，她就被男厕所里出来的短发女生吓到了。

“他在里面。”女生满不在乎地指了指洗手间，“你鬼叫什么呀？”

海星怔在原地，一时间无法消化眼前的场景。她总觉得这个女生似曾相识，仔细一想才恍然大悟：“你是刚才他撞到的女生？”

“他叫陆与珩？”女生没有理会海星的话，挑了挑眉，“是个哑巴？”

海星推开她，不管不顾地冲进洗手间。顺着隔间一格一格地找过去，总算在最后一格找到了蜷缩在角落里的陆与珩。

他明显被吓到了，口罩掉在一旁，看上去无助而惶恐。

“你还好吗？”海星蹲了下来，“对不起，我不知道会变成这样。”

“只是碰上了渣队友，组队组得太匆忙，大家没有好好沟通就……”海星斟词酌句地安慰他，“下一次，我们慢慢来，好吗？再给我一次机会。”

陆与珩抬起头，准备说什么，却看见海星睫毛上的泪珠。

“你哭了？”他有点儿纳闷，“你哭什么？”

“我担心你……”海星尴尬地轻咳几声。

洗手间里冷气十足，陆与珩的心却异常温暖。他站起身，揉了揉海星乱蓬蓬的发，嘿嘿笑了几声：“咱们出去吧。”

“你没事了？”

“我没事了。”他又恢复了骄傲的神气，拉着海星往外走，“就是刚刚碰到个神经病，吓了一跳。”

“你说谁神经病？”短发女生等在洗手间外，嘴里哼着不知名的小曲。

陆与珩厌恶地皱着眉，绕开她径直往外走。短发女生也不在意，蹦跳着跟在后面：“你这人怎么一点儿礼貌都没有？刚才我陪你聊了那么久，咱们也算是朋友了。”

“谁跟你这个神经病是朋友？”陆与珩忍无可忍地吼过去，吼完才有点儿惊诧，他居然能和陌生人说话了！

可他一点儿也不开心，因为眼前的陌生人，是个不折不扣的变态！不但跟着他进了男厕所，还蹲在厕所的隔断外搭讪。本以为锁住隔断门就能拦住她，没想到，几分钟后，那个不依不饶的声音重新出现在头顶上方，他一抬头，吓得口罩都掉了——女生竟然踩着隔壁的马桶，爬到了隔断门上，居高临下地俯视他，露出一个得意扬扬的笑容。

“我不叫神经病，我的名字叫蒋辰。”短发女生落落大方地伸出手，“你别误会，我不是变态，只是单纯想跟你谈个大生意。”

蒋辰所谓的大生意，就是要和陆与珩组队，继续挑战《星火燎原》城市赛，她掰着手指计划着：“拿到省赛冠军，就有三万块的奖金，我觉得，凭你我的能力，全国冠军也不在话下。”

陆与珩冷哼一声，一脸嘲讽。

海星替他解释：“对不起，他心情不太好，不太想参加比赛。”

“我看出来了。”蒋辰一本正经地点点头，“也是，像他这么懦弱的人，永远只能做失败者。”

“你说谁懦弱？”陆与珩怒了，忍不住推了女生一把。

蒋辰不以为然，冷冷一笑：“就是说你，不敢迎战的懦夫！”

“不是这样的。”海星急忙辩解，“他不想参加比赛是有原因的……”

话还没说完，就被陆与珩打断：“神经病！不就是个比赛吗？你要能拉来一支靠谱的队伍，我就加入！”

“好！成交！”

见蒋辰阴谋得逞地勾起嘴角，陆与珩有些后悔，话既然说出口，也没有转圜的余地。蒋辰强硬地夺过他的手机，加了微信，又瞥了一眼海星：“把你的微信号给我吧。”

“我又不会打游戏。”海星有些犹豫。

“交个朋友嘛。”蒋辰笑了笑，“何况我和你特别投缘，你长得……嗯……特别像我妹妹。”

海星不得不承认，蒋辰的确有一种魅力，虽然她态度嚣张，但口才一流。几个小时前，海星还埋怨她不礼貌，几个小时后，却心甘情愿和她成为朋友。

走出购物中心，海星还有些恍惚。陆与珩走到一辆停靠在路边的黑色奔驰前，拉开车门："走吧，我送你回家。"

"不用了。"海星急忙摆手，"我坐公交车回去就好了。"

"这么晚了，哪还有公交车？再说了，也不安全。"陆与珩有点儿赌气，"你要是不上车的话，我也跟你一起等公交了。"

"好吧，那谢谢了。"海星看左右拗不过，只能同意。

上了车，气氛突然尴尬起来，海星轻咳一声，随便找了个话题："这辆车很贵吗？看起来很贵的样子。"

陆与珩不着痕迹地撒了个谎："一般吧，也就几万块。"

"哦，还不算贵。"海星吐吐舌头，身体放松下来，打了个哈欠。

深夜，马路上车很少，不到二十分钟便到了港英大楼。海星向陆与珩道了谢，转身往楼里跑。不想一个人影突然出现，她避之不及，直接撞了上去。

"程葵？"海星惊魂未定，看清来人之后，松了口气，"你差点儿吓死我。"

"我特地在这里等你。"

"等我？"

海星的语气颇为心虚，程葵弹了她额头一下："阿姨说，你每晚都跟我在学校上夜自习，直到凌晨才回家。所以我来看看，你是跟哪个程葵去上夜自习啦？"

"程——葵——"海星拖长声音，"我只是对我妈撒了一个善意的谎言而已……"

"你是去赚钱了吗？"

"对呀，我每天晚上都……"

海星还没说完，就被程葵打断："可你为什么要坐陌生人的车回来？这么晚了，多不安全！"

海星想了想，才清楚程葵所说的“陌生人”是谁，斟酌了一下，把这几天发生的事情避重就轻地告诉了她。她没有说主持人大赛的事情，万一连海选都过不了，说出来只会惹程葵笑话。

“如果没办法送外卖，那叔叔的律师费怎么办？”程葵担忧地问。

“总会有办法的。”海星叹了口气，“我这么努力，一定会有办法的。”

程葵没有说话，似乎看出了海星的无奈。

静谧的夜空下，寒气肆虐，海星拽了拽程葵的手：“回家吧，还能看会儿书，就要期末考试了。”

十二月末，云浅市迎来了初雪，与往常碎碎的小雪不同，今年的初雪格外给面子，一夜之间，就将云浅市粉饰得银白一片。

一个月后便是期末考试。这次的考试至关重要，寒假之后，学校会根据期末考试的成绩以及学生们平时的表现重新划分班级。重新洗牌，提升自己的机会，当然不能错过。所以，连同海星在内，所有人都铆足了劲复习。

天刚蒙蒙亮，海星就从家出发，往学校赶。她应景地穿了一件雪白的羽绒服，戴了一副毛茸茸的淡粉色耳罩，脚上的雪地靴也是淡粉色，看起来非常娇俏可爱。因为下了雪地面很滑，海星只好走路去学校。

积雪很厚，踩在上面像棉花糖一般的触感，让海星心情大好，她一路哼着歌，在身后留下一排深深浅浅的脚印。

刚到学校，海星就吓了一跳，细碎的雪花中，几个男生捧着捐款箱站在教学楼的大门口。头顶悬挂着的横幅格外刺眼：**请为海星同学捐款，助她一家春节团圆。**

为首的男生很眼熟，就在不久前，他还跟自己结下了深仇大恨。现在，如此兴师动众地让众人为她捐款，肯定不怀好意。

“朱鹮！”她急忙跑过去，一把打掉他抱着的捐款箱，“你在搞什么？”

“我在帮你啊！”朱鹮一脸无辜，捡起捐款箱，“一会儿人多了，肯定有人捐款，你别担心了。”

“我谢谢你啊！”海星咬牙切齿道，“你是嫌我还不够丢人吗？”

“海星，有困难不丢脸，大家都是同学，都会帮你的。”朱鹮一本正经道，“你我之间是有过一些不愉快，不过，都已经过去了……”

正是上学的高峰，不少同学啃着面包往学校赶，看到这一幕都停下了脚步。

“快来看，海星和爱心小天使哎！”人群里爆发出一阵哄笑。

朱鹮没有理会周围的声音，故作认真地说：“虽然这些只是杯水车薪，但也是我的一片心意，你就收下吧。”

眼见越来越多的同学围过来，海星深吸一口气，努力稳住自己的情绪：“朱鹮，算我拜托你，赶紧把这些东西拿走。”

朱鹮依旧不死心：“程葵说你没钱请律师，律师费很贵的，不靠大家给你捐款，你怎么办？”

“我从来没说过要大家捐款。”

“程葵明明就是这个意思啊！”朱鹮小声嘀咕，不敢看海星的眼睛，“你俩不是好朋友吗？她的意思不就是你的意思？”

程葵的意思？海星脑海里轰然作响。以她对程葵的了解，程葵不像是会无脑到想出这种烂办法的人，捐款虽然可以筹集钱，却也让海星尊严尽失。

如果不是程葵说的，那么只有一种可能——这次捐款只是朱鹮自导自演的一场戏，目的就是想让海星颜面尽失，来报私仇。

海星懒得和朱鹮多费口舌，一声不吭地夺过捐款箱，丢到一旁，又找了根树枝想将门口的横幅扯下来，可是横幅的位置太高，她踮起脚尖只能扯下一半。

她环顾四周，想找个子高的男生帮她一下，却瞥见从校门口走来的卢贝贝和顾循。

顾循穿着深蓝色的格子大衣，恰好和卢贝贝羽绒服的颜色一样，看着他们一前一后默契的模样，海星的心忽然就凉了一截。

卢贝贝往海星的方向扫了一眼，清瘦苍白的脸上浮现一个玩味的笑容，走上前不知对顾循说了什么。顾循下意识低下头听她说话，清冷的神情渐渐有所松动。

海星立在原地，心里失望得无以复加。

待他们走后，海星失落地将树枝丢到一旁，刚准备离开，突然发现头顶的横幅晃晃悠悠地飘了下来，还不偏不倚地落在刚从教学楼冲出来的刘华身上，兜头盖脸地将他全部盖住。

于是，在那个初雪的早晨，整幢教学楼都听到了刘华歇斯底里的嘶吼：“海星——你给我去校长室！”

雪还在下，海星跟在刘华身后，忐忑不安地向行政楼走。寒风刺骨，雪花星星点点地落在她身上，像一枚枚亮晶晶的图钉。

行政楼四楼的走廊尽头就是校长室。偌大的房间里，摆放着高大的联排书架和办公桌，专门接待客人的组合沙发表面已磨得光亮。室内开了暖气，暖烘烘的风扑面而来，融化了身上残留的雪花，渗进衣服里反而让人越发寒冷。

海星低垂着眉眼，这是她第一次如此近距离地见到贺校长。

贺校长年纪不大，四十岁出头的样子，但常年来为学生殚精竭虑，头发已然花白。他静静地听着刘华的痛诉，沉默了一会儿，将目光停在海星身上："海星同学，你是有前科的，上一次刘老师做主给你宽大处理，这一次，你还是屡教不改？"

海星的心里极度不平衡，明明就是朱鹮挑的事，刘华非但没有提他，反而将全部的错怪到她头上。

"校长，不是我的错，是朱鹮……"海星小声争辩道，"这件事我根本不知情。我……"

海星的话没说完就被贺校长冷冷打断："我最讨厌学生强词夺理，事情的经过我已经清楚了。你的行径，是可以直接开除的。"

海星怔在原地，听出了其中的严重性，却也说不出任何求情的话，只能睁大眼睛望着校长那张捉摸不透的脸。

贺校长斟酌着，终究还是叹一口气，缓缓道："我再给你最后一次机会吧。开学后会有摸底考试，我给你一个寒假去努力，如果成绩还是不见起色，我认为，澄景高中就没有继续留你的必要了。"

海星忘记她是怎么从校长室出来的，只记得贺校长最后说："听说你的理想是做主持人？那我希望你好好珍惜这次机会。"

唉……海星长叹一口气，低着头往教学楼方向走。还是上课时间，校园里格外安静，手机在口袋里微微振动了一下，是程葵发的消息：你去校长办公室了？

海星苦笑了一下，回复道：嗯。

程葵：是不是那个朱鹮搞的鬼？我早晨见到顾循，他跟我说看到朱鹮在为你捐款。

海星：不想提这件事了，反正都已经过去了。

程葵：好吧，现在在上课不方便，等有空我去找你，你不要太难过了。

海星盯着短信里“顾循”的名字，微微出神，想到学校门口前他和卢贝贝走在一起的场景，莫名有些伤心。

她抬头仰望天空，雪花一片又一片飘洒下来，纯洁的白色映在她眼中，世界显得那样澄净。

而顾循的脸，却逐渐消融在这茫茫的雪光中，再也看不清。

下午放学后，高二（3）班的教室就沸腾起来。

“我赌十杯奶茶，海星绝对在利用朱鹮。”一个男生坐在课桌上言之凿凿，“谁敢跟我赌？”

“你就扯吧，明明是朱鹮一厢情愿，你没见今天早上，海星一脸吃了苍蝇的表情？”

“但是今非昔比啊，海星她爸过失伤人，听说她已经穷到兼职送外卖了，利用朱鹮捐款挣钱不是不可能啊！”

“嗯……这么说也有点儿道理。”

顾循从书本中抬起头，眼神淡漠地盯着哄笑的人群。这个班上，集结了年级里最优秀的学生，但最优秀的学生也会在他人落难时落井下石。

“严锐。”他漫不经心地叫了一下坐在课桌上的男生，“刚开学时，你不是说海星是你的女神吗？”

严锐不好意思地挠挠头：“我说了，今非昔比啊！”

“不管什么时候，在背后给别人捅刀，都不像男人该做的事，你说是不是？”

顾循向来话少，可开口的威慑力却不容置疑。

严锐尴尬地笑了笑：“是……但我也算是在给卢贝贝鸣不平。”

“卢贝贝？”顾循皱了皱眉。

“对啊，你最近不是和她走得挺近吗？”严锐小心翼翼地试探，“大家都以为……”

顾循冷冷打断：“以为什么？我看就是你们太闲，才有这么多时间八卦别人。”

气氛瞬间尴尬起来，之前聚在一起八卦的人，自知没趣地坐回座位，严锐也借口上厕所慢腾腾地往外走，没想到刚出教室门就与抱着一摞作业本的班长撞了个正着。

班长显然还没意识到刚才发生了什么，放下作业本就大声吆喝：“八卦！谁要听八卦？”

同学们集体沉默。

“你们不太正常啊！”班长嘟囔着，“知道这次校长怎么处分海星吗？如果开学的摸底考试她的成绩还没有起色，就要被开除啦！”

有人小声质疑：“就这么随便开除人？”

“怎么算随便？她有那么多‘案底’好不好？上次学校的节目也是她……”班长还想借题发挥，顾循“腾”地站了起来：“你们有完没完？就这么喜欢在别人背后搬弄是非？”

班长被顾循的反应吓了一跳，却不服气地争辩道：“连好朋友都坑她，还不能说明她有问题？”

“朋友？”顾循扫了他一眼，“你说程葵？”

“对啊，如果不是程葵出主意，朱鹮那么笨会想出募捐的办法吗？”

顾循没有说话，慢慢地坐回座位上，望着窗外出神。漫天的白色让他内心一片惆怅，还有挥之不去的疑惑。

收回视线，他不自觉地在书本的边沿写下两个字：程葵。

跟在这个名字之后的，是一个小小的问号。

海星回到家后，怕丁梅看出她的情绪，只去餐馆打了声招呼便上了楼。刚躺到床上，手机就传来短信的提示音。她以为是程葵，结果在看到短信的瞬间，“腾”地从床上坐了起来。

下来吧，我在巷口等你。

是顾循的消息。

雪停了，冬夜虽然寒冷，但空气中有种说不出的清冽，月亮悬在天上，笼着一层寒气，发出清冷的光亮。

海星在睡衣外胡乱罩了一件羽绒服，匆匆跑下楼。穿过狭长昏暗的巷道，喘着气站定，抬起头正好看见站在路灯下的顾循。

他应该是刚下夜自习，单车停在一边，书包还背在肩上。听到脚步声，顾循抬起头，他的眼睛在黑夜里异常清透明亮，仿佛可以看到她的心里去。

不知怎的，海星竟然有些难过。她避开顾循的视线，沉默了一会儿，开口道：“这么晚了，你找我有事吗？”

“早晨，卢贝贝找我谈了她爸的案子，不是你看到的那样。”顾循犹豫着开口，说完之后便后悔了。

“嗯。”海星垂着眼睛，不知该说什么。

“算了，反正跟你也没什么关系。”

“嗯。”

路灯昏黄的光线，无声流转在两人之间。顾循径直走到她面前，挺拔的身形遮去她头顶的灯光。海星抬起头，顾循轮廓分明的脸浸在一团阴影里，虽然看不清表情，却能听出他语气里莫名的尴尬：“听说下学期的摸底考试，你成绩没有提升的话，就要被开除了？”

“连你都知道了？”海星故作轻松地摊摊手，“无所谓，被开除是迟早的事，我和澄景气场不合。”

“现在被开除你能去哪里上学？”

“我可以去私立学校。”

“你知道私立学校的学费有多贵吗？”

海星赌气道：“那大不了就不上学了，我成绩这么烂，就别浪费教育资源了。”

顾循恨铁不成钢地长叹一口气，偏过头去不想理她，过了一会儿，又忍不住转了过来，冷冷道：“寒假我给你补习。”

“你？给我？补习？”海星怔了一下，连连摇头，“谢谢你的好意，但是不用了。”

顾循不悦道：“你是怕我教不好你吗？”

“不是的。”海星急忙否认，“我是怕自己太笨，跟不上你。”

“我又不是第一天知道你笨。”

“所以啊，我真的不想再被你鄙视了。”她犹豫了一下，还是决定说出口，“还记得之前打的赌吗？其实我早就知道，你不是真心想和我打赌……只是不想让我纠缠你。”

她仍旧笑着，但笑容里是执拗的拒绝。

顾循皱紧眉头，正思索如何去说服她，海星的手机响了。寂静的冬夜，顾循毫不费力地听到了手机那头的咆哮：“蒋辰那个浑蛋，骗了我的钱就跑路了！”

突兀的男声，让顾循的心跳有点儿乱，可他还是强装淡定地说：“既然你有事，那我先走了。补习的事情下回再说吧。”

陆与珩仍在絮絮叨叨地投诉蒋辰的恶行，海星忙着应付，甚至都没留意顾循是何时离开的。

她没有挽留他，有很多话烂在肚子里也没有跟他说。

“好了，等我考完试，一起去找她吧。”海星安抚陆与珩，“你别急，钱肯定能追回来的。”

“不是钱的事。”陆与珩嘟嘟囔囔，“是她骗了我。”

“嗯嗯，我还要复习，一切等考完试再说吧。”

挂掉陆与珩的电话后，海星长久地站在雪地里。天空中又下起了雪，细碎的雪花映在深邃的夜幕里，像一颗颗坠落凡间的精灵。海星抬起头，望着纷纷扬扬的雪花，慢慢地哭了出来，大颗大颗的眼泪滑出眼眶，与碎雪消融在一起。

她蹲下身，将脑袋埋进膝盖，小声的抽泣很快变成号啕大哭，她想将这段时间的痛苦与煎熬痛痛快快地全部哭出来。

顾循站在拐角处，望着她瘦削的肩膀因为哭泣而剧烈起伏，心痛到难以复加。他掏出手机，将短信快速编辑好发送出去。随后咬咬牙，转身离开。

手机传来振动，海星掏出手机，点亮的屏幕上是顾循发来的消息：之前打赌的事，是我错了，对不起。

第五章 「永远」是最平凡的奢侈

小女孩教会了罗伯特编花环，罗伯特教会了小女孩如何将食物做得更好吃。

虽然语言不通，但他们总能从对方的眼神里读懂彼此的心思。

罗伯特觉得跟小女孩在一起很开心，很幸福。

这是一种很特别的感觉。

像从认识她的那一天才开始真正活着。

期末考试终于结束了。

海星料想自己的成绩不会太好，索性不再期待，干脆安心备考，准备在开学的摸底考试中拼一把。

其实，这个时候，她大可以求助于程葵，但不知怎的，自从上次募捐的事件后，总觉得程葵对她生分了很多，心事更重了。但她追问时，程葵也只说学习压力太大，并没有别的事。

海星隐隐觉得还有别的原因，但她怕一味地追问适得其反，索性顺其自然，不再多想。这段时间，陆与珩的信息就像雪花般纷至沓来，反复强调蒋辰欺骗了他，不但骗他钱买道具，还背着他将道具转移到自己的账号上，折现之后人间蒸发，他连战队的影子都没看到，就已经被彻头彻尾地骗了。

“所以，一开始她接近你就是为了骗钱？”

“肯定是啊！”

“可是……她怎么知道你有钱？”

“我猜想，可能是那天在电玩城穿了一双耐克全球限量版的篮球鞋，被她看出来了。她那么精明，对，一定是这样！”

海星并不了解蒋辰，但她总觉得事情不会这么简单。她尝试过联系蒋辰，可是发出去的微信都石沉大海般没了消息。

“我今天去学校拿成绩单，然后就去‘天空之城’看看吧，她应该是那里的常客，打听一下会有消息的。”

“海星，你真的是人美心善，有你这种朋友，我实在太开心了。”

海星撇了撇嘴，对陆与珩抹了蜜的奉承不予置评，披上外套就出了门。街道上过年的氛围越发浓厚，周边的商铺门口高挂着灯笼，置办年货的人们进进出出，不时有小孩子兴高采烈地捧着烟花从身边跑过。看到这样热闹的情景，海星也格外开心。

前几日，丁梅告诉她已经签妥了拆迁协议，补偿款很快就会下来。这样一来，就能请到律师给父亲打官司，帮她们渡过难关了。

海星的嘴角浮现一丝笑意，脚下的动作也快了起来，不多时便到了学校。领成绩单、布置寒假作业、大扫除……这些事情结束后，就是长达半个月的假期。教室的氛围异常活跃，同学们三三两两地聚在一起聊着八卦，听着歌。

海星坐在座位上，百无聊赖地把玩着书包带，等了很久，也没见班主任的影子。按照惯例，年级主任会在宣传栏里贴上年级前一百名的榜单，然后让各班班主任分发各班的成绩单。以往这些事情会在上午结束，可是这都中午了，也不见老师来。

海星疑惑地抬头张望，发现人声鼎沸的教室不知何时突然静下来，同学们都不见了。

她好奇地走出教室，想看看发生了什么。教室在五楼，走廊正对着校园正中央用来张贴成绩单的宣传栏。大红色的排行榜已经贴出来，远远就可以看见宣传栏前聚集了大批的同学。

她往前走了几步，突然就怔在原地。

顾循站在宣传栏前，被人群围在中间，奶白色的外套衬得他棱角分明的脸庞格外明亮。周围人声鼎沸，而他却像磐石一样，双手举着一张白纸一动不动地站在那里，目光坚定。

贺校长匆匆赶过去，神情严肃地命令顾循离开，还遣散了围观的同学。有人趁乱拍下了照片发到班级群里，海星看到照片里顾循高举着的白纸上，只写了三个字：对不起。

“打赌的事，是我错了，对不起。”

这句他曾经说过的话，在海星脑海里泛起了回音。心脏像被重物狠狠击中，她突然痛到说不出话来，只是默默看着顾循离开的方向，湿了眼眶。

微信群里还在热烈讨论着。

“顾循这是在告白吗？学霸的表白方式就是不一样！”

“卢贝贝上辈子是拯救了银河系吗？”

“乱讲，他早就辟谣说和卢贝贝没有任何关系。”

“哈哈，你们还不如猜一下贺校长会怎么处理他。这件事闹得挺大，比海星那次严重吧？”

“虽然严重，但贺校长向来爱惜人才，他哪里舍得处理顾循这种资优生？”

聊天记录还在不停刷新，海星见顾循跟在贺校长身后，抬起头向她这里望了一眼。

她不清楚顾循的这一眼意味着什么，但是明显加快的心跳，却让她兀自想要逃离。

从校长办公室出来之后，顾循径直回到了教室，好似什么都没有发生过一般，周身却带着“生人勿近”的气息。他沉默地坐了一会儿，随后发了条信息给海星：寒假我给你补习。

海星趴在桌子上，看着顾循发过来的消息，突然开始懊恼。明明不想再和他产生联系，为什么却在他进了校长办公室后这么担心！她犹豫了很久，将编辑好的消息删了一遍又一遍，最后的拒绝一点儿也不干脆：我之前就说不用了。

可是我道歉了，还是冒着被开除的危险道歉的。

海星撇了撇嘴，手指在按键上迟疑了很久，最后打了一句：好吧。

从今天开始。

今天？今天我还有事。

什么事？

海星当然不能告诉他，自己准备去“天空之城”替人追债，可是一时间，她也想不出更好的借口，只好硬着头皮回复：也不是很重要的事。

那就从今天开始吧。这次期末考试你好像是倒数第四十八名？顾循毫不留情地把最后一条退路都给她堵死了。

海星看着刺眼的“四十八”，嘴角抽动了一下，恨恨地按掉了对话框。

在等了将近五个小时之后，班主任才姗姗来迟。简单布置完寒假作业之后，嘱咐了一句“接下来由卫生委员安排大扫除”便离开了。

教室里重新热闹起来，海星看了一眼消息，顾循已经发来补习地点：省图书馆三楼社科馆，我等你。

“我等你”三个字，让海星顿时脸红了起来。她将自己负责的讲台清扫干净，就背着书包匆匆赶往省图书馆。

省图书馆虽然坐落在城市中心地带，但比起几大商业中心，人流量明显要少得多。尤其临近除夕，更是人迹罕至，三楼的社科馆里，连管理员都不在岗。

海星出了电梯，迎面就是一排深棕色的书架，她深吸一口气，才慢慢向馆内走去。偌大的阅览区，井然有序地放着几张木质书桌。顾循坐在靠近窗户的书桌前，低头翻着一本书。苍白的光线落在轮廓分明的侧脸上，衬得他越发干净。

海星蹑手蹑脚地走到他身边，正犹豫着该如何开口，顾循却先她一步：“你来得挺快，我这本书刚看了个开头。”

“什么书？”海星好奇地问，“我能看一下吗？”

顾循轻轻笑了一下，将书递给她：“你看得懂吗？”

海星本以为是什么高深的社科类书籍，目光触到封面的那一刻，突然有些疑惑：“这是儿童绘本？”

“不是普通的绘本。”顾循将书抽走，“好了，抓紧时间补习吧，这本书以后再说。”

海星坐到顾循对面，目光落在一旁的绘本上，《遇见你，真好》这个书名已经在她脑海里盘旋了许多次。她没有告诉顾循，她不仅看过这本书，而且在里面发现了一只很像他的兔子。

那么，她会是那个人类女孩吗？

顾循没给她胡思乱想的机会，从包里抽出数学课本和笔记本：“咱们先从数学开始吧。”

“寒假很短的，那么多门功课，我觉得来不及。”海星有些担忧。

“你以为我会从头到尾给你补习一遍吗？”顾循轻笑一声，“不管哪门功课，都有规律，你把规律学会，便足以应对大部分题目。”

“就说这种添加辅助线的题目吧，你把这一块的形状记住了，碰到类似问题，其实差不多都是在这里加条线。出题的老师并没有太多套路，万变不离其宗。”顾循翻开自己的笔记本，指给她看，却发现海星的注意力全然不在笔记本上，而是一脸崇拜地盯着他。

他本想责怪她不用心，可转念之间，却因为她的仰慕，心里愉快起来。深吸一口气，他强装严肃地敲一下桌面：“你认真点儿，我要讲下一个知识点了。”

“啊……”海星反应过来，慌乱地掩饰着，“我……我走神了，不好意思。”

顾循故意忽略她害羞到通红的脸，轻咳一声，继续往下讲：“做立体几何的证明题时，注意各种类型证明的方法，加辅助线，一般都是对角线、中点、成比例的点、等腰等边三角形中点这些，证明不出来直接用向量法也是可以的。”

顾循刻意放慢语速，想让她听清楚：“还有一些求二面角、线面角的题目，用建立空间坐标系的方法比较简单，注意各个点的坐标的计算，不要算错了。”

海星不住点头，表示理解。顾循皱了皱眉，不确定地看她一眼：“你真的听懂了？”

“听懂了，只是担心做题的时候还是不会。”

“为什么？”

“我一看到试卷就……紧张。”海星搓着衣角，小声嘟囔，“从小我就知道自己不聪明，但是程葵特别聪明，所以不管什么事情，她都能帮我解决。考试的时候，只有我一个人，我就害怕了。”

顾循静了几秒，缓缓开口道：“程葵不可能帮你一辈子。”

“我知道。”海星叹一口气，“自从上了高中，我能感觉到我们关系有些疏远，最近她总说压力大，我有好多天都没有见到她了。”

“最近？”

海星沉吟一下：“嗯，就是上次募捐之后。往常我遇到事情，她当天就会来找我。可是募捐的事情都过去好久了，她只给我发过短信……”顾循思虑片刻，并不准备将自己的怀疑说出口。他斟酌道：“是不是有别的原因？”

“或许吧，我不知道……”海星情绪忽然低落起来，语气也有些哽咽，“我没钱请律师，程葵一直陪在我身边，给我支持，现在突然关系疏远起来……”

顾循听着海星小声的倾诉，却敏锐地捕捉到另一个信息：“你……没钱请律师？”

“啊？我有说过吗？”海星愣了一下，“你听错了吧？”

顾循没说话，神色沉沉地看向她，黝黑的眼眸有一种无形的压力。海星不敢和他对视，慌忙低下头假装翻书。

她一边翻书，一边用余光看向顾循。见顾循一副疑惑的神情，海星忍不住想将之前跟顾远淮约定的事情和盘托出，可手机却在这个时候响了起来。陆与珩的名字在屏幕上不断闪烁，海星赶紧拿起手机：“我去外面接电话。”

顾循瞥见陆与珩的名字，靠回椅背，一手搭在桌子上，淡淡地说：“你接吧，这里只有我们两个人，不会妨碍到别人。”

海星叹了口气，刚接起电话，陆与珩的窃笑声就传了过来：“你又被老师叫到办公室去了？考砸了？”

“才没有。”海星气恼，“今天都放假了。”

“那我怎么听到有人说话？”陆与珩继续猜测，“还是特别正儿八经的声音，一听就是老师，还是秃顶的那种，对吧？”

“不是的！”海星捂住手机，偷偷瞄了顾循一眼，他虽然在若无其事地翻书，但脸色明显变得很难看。

“行了，看样子你还没去找蒋辰吧？”

“嗯，明天吧。我今天还有点儿事。”

“什么事比这件事还重要啊？”陆与珩似乎正无聊地躺在床上，声音放空而慵懒，“难道你不把我这个朋友放在心上？”

海星虽然早已习惯他的调侃，但碍于顾循在场，一时间竟然不知道如何回答。尴尬间，顾循伸出手夺过手机，没等海星反应过来，就挂断了电话：“你说够了没有？”

明显生气的举动让海星惊讶地瞪大眼睛。她没想到一向冷漠的顾循竟然会有如此情绪化的抱怨。而她明显能感觉到，他的抱怨似乎有些异样……不是因为她分心，不是因为她给他惹了麻烦，而是因为陆与珩的存在……

海星不敢再想下去，心跳却逐渐加快，她望着顾循那张清俊的脸，竟然不知道该说些什么。顾循被海星看得莫名脸红，轻咳一声，故作淡定："我花时间给你补习，你再这样分心，我生气了。"

"对不起……我有个朋友被人骗了钱。"海星反应过来，下意识地解释，"他希望我能帮他找到那个骗子，他自己……不太方便出门。"顾循并未深究，只是说："别管那些闲事了，还是你自己的事情重要。"

"那个骗子真的很可恶，她不但骗了我朋友的钱，还骗了我们的信任。"一想到蒋辰是怀着目的接近他们的，海星就非常气愤。

"我们？"顾循皱了皱眉，"和你有关系？"

海星省略了认识蒋辰的过程，只告诉顾循是在百方购物中心门口碰到她的，加了微信之后，见过几次面。

她打开微信，把蒋辰的资料栏拿给顾循看："她微信里什么都没有，只有账号。出事之后，我给她发过微信，可是她一直没回复。"

顾循接过去，只扫了一眼，就把手机还给她："找人的事就交给我，你别管了，抓紧时间学习。"

他一再强调"学习"这件事，让海星压力倍增，只好自嘲道："我总感觉，这是一项不可能完成的任务，我这么笨。"

"在我看来，你一点儿都不笨，只是没有掌握方法。"顾循自顾自地说，"只是比别人反应慢点儿而已。"

海星坐在椅子上，听到顾循肯定自己，一时间有一种强烈的不真实感。她挪着椅子稍微往前凑了凑，突兀地问："那……你是不是不讨厌我了？"

他不理她。海星的表情突然垮了下来："我就知道，你只是在安慰我……"

"我没有讨厌你。"顾循在心里叹气，他的表现难道还不够明显吗？为什么海星就是不明白？"我承认，之前是讨厌过你，但是，现在我一点儿都不讨厌你。"

他想了想，还是没有把"喜欢"这个词说出口，毕竟现在谈"喜欢"还为时尚早。图书馆很安静，顾循说的话，落到海星心里，砸出一声声闷响。她沉默地望着他，突然就湿了眼眶。

一瞬间，对自己的怀疑，对自己的否定全部烟消云散，像是历尽千辛万苦，终于得到了肯定的答案。

海星感觉应该说些什么，但所有的话都堆积在胸口，无处可去。只是在这一瞬间，只有十六岁的她，忽然对未来充满肯定。"未来"可以很远很远，远到看不到尽头，而在这看不见尽头的漫漫长河里，她希望能够永远看见他，永远和他在一起。

手机静静地躺在桌面上，轻微地振动了一下，海星低头去看，又是陆与珩发来的消息，是一条转发的新闻：**云浅市高中生主持人大赛即将启动海选程序。**

回家的路上，迎着寒风，海星的头脑突然变得清晰起来。她突然开始害怕自己日渐明朗的感情。很明显，现在的她只会拖顾循的后腿，即使知道顾循不再讨厌她，她也不该抱有太大的奢望。

海星做出了决定，她决定让自己的感情止步于此。她并非放弃，而是想要耐心等待，等待自己变得更好，等待自己能够自信地和他站在一起，能够与之相称。

这么想着，她忽然就释然了。

到了楼下，海星刚停好单车，就看见自家餐馆门口聚集了许多人。她走进去之后才发现，店内的桌椅歪歪斜斜，地上一片狼藉，而丁梅则无助地坐在地上，默默地流着泪。

“怎么了？”海星急忙跑了过去，把丁梅扶起来，“拆迁的人来店里捣乱了吗？”

丁梅没有说话，只是不住地摇头。

“到底出了什么事？我们不是已经签了协议吗？”海星望向围观的邻居。

“和拆迁没有关系。”楼上的王叔缓缓开口，“海星，你们家真是祸不单行。”

“到底怎么了？我妈怎么变成这样？”海星崩溃地问。

围观的邻居怕麻烦，摇了摇头，自私地离开了。海星不愿放弃，索性直接追了上去，刚跑到门口，就看到程葵默默地站在一旁，脸色苍白地望着她。

“程葵？你怎么在这里？”海星疑惑地问，“你怎么了？”

“没事，就是有些发烧。”程葵淡淡地说，“不过现在已经好了。”

她向海星笑了笑，笑容却有些勉强。她抬头指了指六楼的平台，简短道：“今天下午，有人从楼上跳下去了。”

“和我家有关系吗？”

“嗯。”程葵咳了几声，接着说，“听阿姨说最近餐馆总是丢钱，她找人来加了几次锁，都被撬开了。派出所的人来了很多次，都没有找到线索，只能劝阿姨装监控，锁定目标。

“阿姨哪有钱装监控？所以只能拜托邻居帮忙。咱们楼上那几个爱贪便宜的邻居应下来，在餐馆白吃白喝了几天，今天下午还真发现了小偷，其实就是一个十几岁的男孩子。

“本来报警就好了，可是他们中午喝多了，直接追着那个男孩到六楼的平台，扬言要揍他。那个男孩害怕，就跳了下去。

“没想到，那些邻居翻脸不认账，集体指认是阿姨让他们追贼的，现在又不知道跑到哪儿避难去了。警察让阿姨筹钱，说虽然男孩摔下去时被楼下晒出来的竹匾挡了一下，但还没有脱离生命危险。”

程葵几乎是咬着牙说完最后一句：“所以我厌恶这幢楼里的一切，厌恶所有自私自利的人。”

“算了。”海星喃喃道，“我早知道楼里那些人的嘴脸，现在说这个有什么用？”

程葵叹一口气，想安慰海星又无从开口，只好上前一步抱住了她。

她们彼此拥抱着，什么都没说。

这一刻，她们之间所有的隔阂都融化在了这个拥抱里。

海星抽了抽鼻子，用力地回抱着。程葵小声在她耳边说：“这种事情，虽然不是你家的责任，但出于人道主义，都要有一定赔偿的。”

“我知道。”

“那个男孩偷窃在先，你们可以争取一下，尽量少赔一点儿。”

“嗯。”海星艰难地扯出一个笑容，“拆迁补偿的钱，本来是打算给我爸请律师的。现在看来，只能争取别全赔掉，然后用剩下的钱请律师，至少要比法院随便指派的强。”

程葵小声地“嗯”了一声，低声地，仿佛自言自语：“海星，对不起。”

逆着风，也不知道海星有没有听到。

海星回到餐馆时，丁梅六神无主地坐在椅子上，两手抚着膝盖，怔怔出神。她弯下腰，将乱七八糟的桌椅扶起，摆放整齐，又将一地狼藉的碗筷清扫干净。

见丁梅依旧一动不动，海星默默地走到她面前："妈，我们上楼吧。"

"海星。"丁梅猛地抓住她的手，惊慌失措道，"我会不会去坐牢？"

"妈，这跟你有什么关系？"

"那个男孩毕竟是因为我们家的事才跳楼的啊！你爸爸不也是这么莫名其妙被抓起来了吗？"

"妈，那是两码事，何况，我相信爸爸那件事，一定有误会，说不定是那个人不小心跌下去……"

"完了，那个男孩子也跌下去了，他们一定会来抓我，就像你爸爸那样。"丁梅将手指埋进头发里，恐惧的当头，她完全失去了思考能力，一把将海星搂进怀里，泪如雨下，"如果我也被抓起来，你可怎么办啊？你还这么小……"

滚烫的眼泪顺着海星的脖颈流了下来，昏暗的灯光洒在母亲单薄的身上。那一瞬间，海星突然无比痛恨自己的渺小，痛恨自己没有能力，什么都做不了。

"妈，你不要害怕，明天我去医院看看情况。"她撒了个谎，"我咨询过同学的父亲，他父亲是云浅市最好的律师，这种情况，我们只需要赔钱就好。"

"真的？"丁梅抬起头，不可置信地问。

"真的。"海星笑一笑，顺手扯过桌上的抽纸，擦了擦她的眼泪，"妈，你怎么越来越像小孩子了？"

"快过年了。"丁梅喃喃自语，"妈妈怕只留你一个人在这里过年。"

"不会的，妈，我相信一切都会好起来的。"海星知道自己的安慰很苍白，但当下，丁梅宁愿相信。

经过这担惊受怕的一天，回到楼上，海星便催促母亲赶紧睡觉，自己则坐在书桌前想要再学习一会儿。

窗前的捕梦网轻轻地摇晃着，时间久了，捕梦网的白色羽毛早已变得暗黄，就像自己这个经历了太多磨难的家一样。

手机在寂静的夜色中微微振动了一下，她瞥了一眼，是顾循的信息。

顾循：睡了吗？

海星没有回复。

顾远淮最近购入了一套花梨木家具，换掉了之前书房里的红木摆设。

工人们将家具摆放妥当之后，顾远淮懒洋洋地陷进太师椅上青石色软垫里，满意地打量着一室的古色古香。

他刚想起身沏一壶茶，书房的门却被猝不及防地推开。

“爸，你回来了，我正好有事找你。”顾循明显有些匆忙，刚洗完澡，头发湿漉漉的还来不及吹干，家居服的纽扣也系错了，下摆长出一大截。

为了散发新家具的气味，顾远淮用一只木棱支起了雕花木窗，呼呼的冷风全部从窗口灌进来，而顾循正好站在那个风口处，脸色煞白。

“过来，快过来。”顾远淮心疼地朝他招手，“你站在那里，冷不冷？”

顾循没动，声音冷冷的：“爸，你看了今天的新闻吗？”

“你是指哪个新闻？”顾远淮笑眯眯道。

“港英大楼有人跳楼的新闻。”

“很熟悉。”顾远淮沉思了一会儿，“哦，你那位同学就住在那里。”

“爸！”顾循直接打断，“你跟我说话，不需要这么绕弯子吧？”

顾远淮知道他想说什么，不动声色地敛起笑意：“所以，你大晚上言行慌乱地来找我，就是为了那个女生？”

顾循深吸一口气，语气异常坚定：“是。可是我没想到你竟然这么冷漠。”

“冷漠？这是你跟长辈说话该有的语气吗？你也不看看自己现在成了什么样子？慌乱、感情用事、顶撞父母……这些都是拜那个女生所赐！”

手腕上的绿幽灵手串散发出微弱的光，幽绿如水波的纹路，在晶体的包裹下仿若活物般灵动。这种有名的财富水晶，向来是顾远淮喜欢搜罗的类型。他背对着顾循用力揉搓着清亮通透的串珠，言语间有了一丝无奈：“不要为一个女生毁了自己，不值得。”

顾循盯着父亲把玩的手串，心里突然生出一丝厌恶：“那是因为，在你心里，永远只有权力和金钱！”

“啪”的一声，空气突然安静。

顾循捂着火辣辣的脸，一时间愣在原地，顾远淮来不及放下的手僵在半空，眼中满是痛心：“难道在你眼里，爸爸就是这样的人？”

他挫败地跌坐在太师椅上，望着桌上镶着检察证的相框，神色动容：“知道我为什么从检察院辞职吗？就是因为我对人性彻底失望了。”

他伸出手，细细抚去相框上的细尘：“那时我年轻，相信法律，相信正义……当时那个女人带着一双儿女，说她丈夫因冤被捕，别的同事见她形容枯槁，都冷眼相待，只有我愿意听她诉说案情。

“她丈夫参与绑架，向家长勒索三千万。最后受害者被救了出来，她丈夫也认了罪。但是她认为法院裁决有误，一定有冤情。一家人都指着那个男人赚钱，男人被关押后，他们连饭都吃不上。她的女儿，甚至抓起我桌上的橡皮啃了下去，以为是饼干。”

“是不是很可怜？嗯？”顾远淮对站在一旁沉默不语的顾循扯出一个无奈的笑容，“儿子，这件事是不是跟那个女生的事很像？

“后来，我义无反顾地接下了这个案子。尽管领导不同意，我还是押下了自己的检察证，向法院提出重新审理。可是在开庭的那一天，男人却当着法官的面，说自己罪证确凿，检察院是在无理取闹。而那个女人呢，却好像全然不知情似的，扭过脸不看我。抗诉案结束后，我成了全检察院的笑柄，所以，我横下心，辞了职。”

顾远淮说完后，疲惫地闭上了双眼。茶几上的水晶风水球在汩汩转动，水线滑落在小观赏池中，腾起袅袅烟雾。窗外的冷风灌进来，带着一股凛冽的寒气，让顾循下意识地打了个哆嗦。

他关好窗户，望着父亲发白的鬓角，叹了口气：“难道……你希望我视而不见？”

“是，我不希望你栽进陷阱。”

“海星不是陷阱。”

“你了解多少？”顾远淮倏地睁开双眼，索性说得直白，“一个女人如果耍起心机，足以毁了你的一切。”

顾循不置可否地笑了一下，笑里带着一丝无奈：“爸，如果我是你，我会继续探究当事人为何当庭反悔。”

“你以为我没这样做吗？我冷静下来之后，去找了她，可是她早就搬了家。”

“所以你也没继续找下去？”

顾远淮神色微动，却避开话题：“我不想把时间浪费在没意义的事上。”

“以前我也这么觉得。一件事，如果得不到想要的回报，就索性不要开始。”顾循笑了笑，“我遇到海星时，当下就断定自己和她不是一类人，一点儿时间都不想浪费。但后来，她让我发现，做一件事，结果并不是最重要的，这期间经历的一切都是有意义的。爸，你明白我的意思吗？”

印象中，顾循的话一直不多，他们父子俩从来没有过这样推心置腹的交谈。顾远淮沉默了一会儿，缓缓道：“那是因为你还年轻。”

“或许吧。”顾循想了想，“我不会再请求你接下这个案子，既然海星是我的朋友，我会自己想办法。”

“你？”顾远淮哑然失笑，“就凭你自己？”

“嗯，就凭我自己。”顾循目光沉着，认真道，“我还年轻，愿意一试，哪怕是浪费时间。”说完，他转过身径自出了书房。

室内只余风水球的水流淌进小观赏池的潺潺声，顾远淮怔怔地望着右手旁相框里的那本检察证，熠熠发光的“云浅检察”四个字，出其不意地让他的双眼蒙上一层水雾。

他没想到在自己志得意满的中年，居然还会想要探究那件案子的真相。更没想到这样的心思，在心里藏了十年，竟然从未真正湮灭。

第二天一大早，市医院的门口便聚集了很多记者，海星拎着一袋水果绕开人群，从医院后门上了电梯。

昨天晚上，丁梅睡下后不久，医院便打来了电话，说男孩只是右腿骨折，并无大碍。

她将消息告诉丁梅后，丁梅反而一下子病倒了，早上软绵绵地起不了床。海星只得自己买了水果，来医院探望伤者。

到了八楼的骨科病房，她刚走到护士台前想询问男孩的房间，后脑勺却被狠狠击中。来不及喊痛，中年妇女的咒骂声骤然响起：“你还好意思来？要不要脸？”

海星回过头，中年妇女正光着一只脚，攥着棉鞋指着她大声咒骂。她爬满皱纹的脸上因为愤怒涨得通红，右脸颊处还有一块面积可观的鲜红的疤。

“你就是海家的女儿？”女人唾沫横飞，口音却不像是本地人，“就是你们把我儿子推下楼的！”

海星对她的态度很反感，皱着眉头反驳道：“阿姨，那么多人都看见了，是他自己跳下去的。您不能睁眼说瞎话啊！”

眼见棉鞋又要砸下来，海星只好举起水果，无奈道：“阿姨，我是来探病的！”

女人这才气喘吁吁地停手，瞪了她一眼，扭头进了病房。

医院的条件并不好，三人间里只有一扇紧闭的窗户。海星跟在女人身后，刚进病房就看到那个躺在病床上的男孩。

男孩大约十一二岁，虽然右脚打着石膏高高架起，两只手却没闲着，举着手机大喊大叫地打着游戏。

病房里有陪床的家属不悦地对女人抗议：“管管你儿子，打个游戏也要这么鬼哭狼嚎？”

女人看了儿子一眼，指了指自己的脑袋，“他这里有问题，现在躺在这里打游戏没打你就算走运了，还挑三拣四的。”

对方明显有些生气，讽刺道：“脑子有问题还懂得偷东西？干了什么坏事都能拿神经病说事是吧？”

女人勃然大怒，顺手脱下自己一只鞋，直接冲对方扔了过去：“你再说我儿子一句试试？看我撕不撕烂你的嘴！”

对方冷哼一声，不屑与她吵架，直接按铃叫了护士投诉。

海星皱着眉头看着女人形如泼妇，而她的儿子却无动于衷地打着游戏。她刚想离开，女人却直接扯住她的手，恶狠狠地说：“你给我们转院，我们要去私立医院，这里的人，素质太低。”

海星有些厌烦，没有理她。

“别以为不说话我就拿你没辙，你们家现在不是还没拆呢吗？你不给我转院，我就找人三天两头去你们家闹。你是在澄景上学吧？我也可以去澄景闹！”女人一副不讲理的架势，海星招架不住，只想逃离。

女人不客气地伸出手拦住海星的去路：“你今天不给我们出钱转院，就别想离开这扇门！”

海星后退一步，心里充满厌烦。她实在不明白一个人怎么可以无耻到这种地步，刚想开口反驳，身后却突然响起熟悉的声音。

是蒋辰。蒋辰还是那副吊儿郎当的样子，在腰间挂了一大串钥匙，走起路来哗啦作响。她晃晃悠悠地走到病床前，伸头瞅了一眼男孩：“蒋望舒还没死啊？”

话音刚落，女人抄起床头柜上的水杯冲她扔了过去。

蒋辰灵活地闪过，嘴里还嚼着口香糖，不清不楚地嬉笑着：“妈，你发什么脾气？咱们得庆幸，弟弟这一摔给咱们摔来一条财路啊！总比他每天偷东西强吧？我看看，是哪家那么倒霉……”

蒋辰回过头见到海星，愣了一下，很快恢复玩世不恭的样子：“是你？咱们挺有缘分的。”

“谁跟你有缘？”海星见到他们一家人的丑态，抬脚要走，却被蒋辰一把拉住：“我话还没说完……这样吧，看在咱们早就认识的分上，赔偿的费用给你打个九五折。毕竟我还骗了陆与珩的钱。”

海星见她提起陆与珩时面无愧色，胸口突然涌上一股怒意：“蒋辰，你别太无耻了。”

“我无耻？笑话！”蒋辰的语气与她母亲如出一辙，她挑了挑眉讽刺道，“你怎么不说是你笨，活该被人骗？”

海星被她无所谓的态度气得发抖，强忍着眼泪，咬牙道：“算我看错你！你们不是想转院吗？不是想要赔偿吗？等拆迁款下来，立马按照该给的全部给你们！”

“等等。谁说要转院了？”蒋辰听到转院两字，回头看了一眼母亲和弟弟，“公立医院条件是差一些，但是医生可靠。蒋望舒年纪还小，你把他整到私立医院去，万一弄出个后遗症，他这辈子走路可就一瘸一拐了！”

蒋辰母亲被她口中所说的“后遗症”唬住，偏过头去不再提转院的事。

蒋辰将海星拉到一边，压低声音说：“你别理那个女人，去私立医院多花的钱还不是要算在赔偿的费用里？蒋望舒那个人，只要有游戏机，哪怕躺在垃圾堆里都无所谓。”

海星见她口口声声称自己的母亲“那个女人”，而且连亲弟弟都算计，不觉心寒，抿着嘴，一个字也没应。

“我打听过了，你家也没什么钱。”蒋辰神秘地笑了笑，“但最近要有一笔拆迁款下来吧？我也不贪心，你把这笔钱的五分之四给我们就行了。另外，再给我一笔小小的好处费。我会帮你说服我妈息事宁人的，否则，以她的脾气，可以闹到你们家永不安宁哦。”

海星不想看到蒋辰那副精心算计的丑陋模样，抬起头，故作无畏地说：“不如……你去报警吧。”在蒋辰愣住的当头，她转过身，毅然决然地走出病房。

出了医院，海星气得发抖的内心才渐渐平息，正想着要如何消化刚才的事，抬眼便看见陆与珩大剌剌地站在路边。

“你又跟踪我？”海星走过去，没好气地问。

“你有点儿良心行吗？”陆与珩戴着口罩，皱了皱眉，“我看了新闻，怕你想不开，才好心跟着你。”

“我在医院看到蒋辰了。”

“我知道，我跟着你上去了。”

“可是我没看见你。”

陆与珩“嗯”了一声，停顿片刻，才缓缓说道：“人太多了，我只待了一会儿……不过，我现在想回去确认一件事情。”说完，他径直走向医院。

海星隐隐觉得会有事情发生，怕他出现意外，只能不安地跟在后面。临近中午，医院的人多了起来，电梯口挤满了病患，陆与珩索性拉着海星走楼梯。狭窄逼仄的楼道里，阳光透过灰蒙蒙的玻璃窗照进来，连空气中的浮尘都清晰可见。

臃肿的羽绒服让海星的动作迟缓起来，她只爬了几层就累得呼吸加快，索性直接坐到地上：“等……等一下，我实在是走不动了。”

“马上就到了。”陆与珩头也没回地继续往上走，“再坚持一下。”

“你到底想确认什么事情啊？”海星抹了一把汗，“你不说的话，我就不走了。”

陆与珩顿了一下，转过身半靠着墙壁。看不清表情的脸一半暴露在阳光下，一半隐在阴影里，声音难掩痛苦：“我在报纸上看过她的照片，蒋辰她妈，就是那个绑架犯的妻子。”

海星瞪大眼睛，难以置信道：“那蒋辰……”

“巧不巧？十年了，又碰上了。”

到了八楼，陆与珩迟迟没有推开眼前的消防门，虽然骨科病房与他们只有一门之隔。海星陪他站了一会儿，忍不住开口：“既然事情都过去了，你现在找她，又有什么用？”

“所以我刚才下去了。”陆与珩停顿一下，又说，“可是我坐在车里，总觉得有点儿不甘心，也许自己当年漏掉了一些事情。”

“一些事情？”

“对，我怀疑他受人指使。”话音刚落，陆与珩自己都吓到了，“那时，我隐约听到他在电话里说‘货已到，什么时候打钱’。联想到他货车司机的身份，这句话再普通不过，可是现在，我却觉得这句话大有深意，那句‘货已到’很可能是指我。

“他被抓起来之后，爸妈不肯给我透露任何内幕，我还庆幸，罪犯终于被绳之以法。”陆与珩的声音颤抖，“可是现在，我发现可能还有罪犯逍遥法外，就藏在我看不到的地方，随时会伤害我。”

陆与珩崩溃地蹲在地上，痛苦地闭紧了双眼。

海星从没见过他如此崩溃的模样，一时间愣在原地。就在这时，消防门被人“砰”的一声撞开，蒋辰红着双眼猛地将陆与珩从地上拎起来，一把搡到墙上，声音里充满戾气：“你刚才说的是真的？你再说一遍！我爸他是冤枉的！”

“你爸一点儿也不冤枉！”海星冷冷地说，“他绑架是事实！”

“他只是被人利用了。”蒋辰大吼一声，“他是有罪，但不至于要蹲那么多年，蹲到现在还没出来！”

蒋辰的双手越发用力，陆与珩一把将她推开，恶狠狠地骂了一句：“疯子。”

“我要上诉！”蒋辰挡在陆与珩面前，“你要给我做证人。”

“凭什么？我就喜欢看你爸把牢底坐穿。”陆与珩恶狠狠地说，“你家没抗诉过吗？结果呢？你爸妈却当庭反悔，自认有罪！”

蒋辰被噎住，立在原地，胸口剧烈起伏着。

“本以为那个女人会知道内情，现在看来，根本没必要去问了。”他转过头对海星说道，脸上的嫌恶一览无余，“我看见她那张脸就恶心。”

前后不过十分钟，海星却看到了完全不一样的陆与珩。面对蒋辰的他，冷血、无情，好似换了一个人。

蒋辰虽与母亲不和，但也受不了别人当面羞辱她，想也没想就冲上去，与陆与珩扭打在一起。她虽然是女生，但从小野惯了，打架根本不在话下，反倒是陆与珩，压根不是打架的料，没过多久，脸上就挂了彩。

海星怕他吃亏，急忙去扯蒋辰的衣服：“你住手！我要叫保安了！”

“你这朋友连女生都打不过，你还好意思叫人？”蒋辰回头轻蔑一笑，随后拍了拍陆与珩的脸，“可惜了，这么帅气的脸挂了彩。”

陆与珩被压制在地，见蒋辰满脸嘲讽，突然使出全部的力气咬住了她的手。蒋辰吃痛地尖叫一声，退后一步：“你还是不是男人？要不要脸？”

“海星，我们走。”陆与珩根本不想理会她。

“站住。”蒋辰见威胁不管用，只能不情愿地放缓了语气，“我只是让你做证人。”

“你做梦吧。”陆与珩冷冷地回答。

蒋辰还想说什么，走廊上却传来女人歇斯底里的大吼：“蒋辰！你打个开水打到哪去了？是不是被开水烫死了？”

蒋辰紧紧皱起眉头，厌恶地向那个方向看了一眼：“你们走吧，以后都不要来了，我会去找你们的。”

她背对着海星，说完这句话便离开了。

“陆与珩？”蒋辰走后，海星见他站在原地沉默不语，便开口问道，“你还好吗？”

半晌，陆与珩淡淡的声音才传了过来：“嗯，我没事。我让司机送你回家吧。”

“不用了。”海星摇了摇头，“我骑了单车来。”

陆与珩皱着眉头思量半天，似乎在考虑能否将单车塞进后备厢，还没等他开口，口袋里的手机就“嗡嗡”地振动起来。

“什么？你和车都被拖走了？你不是说停在那里最多开个罚单吗？”刚接起电话，陆与珩好不容易平息的怒火再次被点燃，“你怎么当司机的，这点儿事都解决不了？别说那些没用的，我不想听。”

司机似乎在不停地道歉，可是陆与珩直接“啪”的一声挂掉了电话，连解释的机会都没给他。

海星被他的反应吓了一跳，怔在原地，久久没有回神。

她似乎从来没见过陆与珩的另一面。在她面前，陆与珩永远是那个热情、真诚的少年，即使有些执拗，却也单纯无害。但真实的他，或者说隐藏在身体深处的那个他，却是冷漠而刻薄的。

她突然一刻也不想在这里待下去，沉默了一会儿，小声询问道：“不如……打车回去吧？坐公交车也可以。”

陆与珩将手机丢进裤兜，有些不悦：“我不想坐陌生人的车，也不想跟陌生人一起挤公交车。”

“那……我送你回去？”海星犹豫道。

“你确定？”陆与珩挑了挑眉。

“嗯，礼尚往来嘛，你也送过我。”

陆与珩微微一笑：“好，我家住云麓。”

“云麓？”海星想了一下，“好像从来没听过这个小区。”

“嗯，住的人比较少。”

“那我查一下。”海星打开手机，谁知刚输入“云麓”两个字，跳出来的信息却让她差点儿摔了手机，“你……你家住在山上？”

“没错。”陆与珩的语气听起来有些幸灾乐祸，“我家就住在华夏游乐场后面的山上。”

华夏游乐场是云浅市的地标之一，因面积巨大，所以规划在市郊。虽是市郊，但风景却好得没话说，绿树葱葱，背山望海，交通也十分便利。而云麓就坐落在游乐场身后的晴山上。盘山公路蜿蜒而上，顺着地势坐落着十几幢大大小小的欧式别墅。陆与珩家坐落在半山腰，珍珠白外观的别墅四周，安装着冷冰冰的监控设备，像一只精巧华丽的鸟笼。

病情最严重的时候，他整整两年没有出门，只能通过顶楼平台的望远镜，望着山下游乐场里游人如织，听着他们的欢笑声。偶尔，他会望望远处的海，然后伴着时断时续的海浪声入睡。

海星在春游时来过游乐场，可她却没有发现常年云雾缭绕的晴山上，坐落着的别墅。也不知道，有一天会认识那个只能从望远镜里看世界的少年。

得到陆与珩的肯定后，她倒吸一口凉气：“你知道你家有多远吗？我骑着单车送你，可能会花上一天！你还是让家里派别的车来吧，我可以陪你等。”

“不用啦，我只是开个玩笑而已。”陆与珩笑了笑，“一会儿我自己回去。”

“自己回去？”

“嗯，自己走着回去。”

听到陆与珩这么说，海星还以为他是在开玩笑，直到反复确认之后，她才发现陆与珩竟然是认真的。

“你开什么玩笑？云麓那么远，你要走着回去？”海星被他执拗的态度气得发狂，索性不再理他，转身便走。陆与珩见海星生气，一时间不知所措，等到他反应过来时，海星已经走出了医院大门。

“喂！你等等我……”追上海星后，陆与珩敛起似笑非笑的表情，“生气了？”

海星转过身，一脸无奈。难道她表现得还不够明显吗？如果换作别人，可能早就将他臭骂一顿，指责他玩世不恭。现在她还能好脾气地等在原地，已经算是最大的容忍了。

见海星没说话，陆与珩沉默了一会儿，突然像想到了什么似的拍了一下额头：“差点儿忘了，那个主持人大赛，我已经给你报名了。”

“什么？”海星明显被惊到了，全然不顾自己的形象，大声指责道，“陆与珩！你怎么能擅自做主给我报名呢？”

陆与珩没有料到海星的反应，举手求饶：“前天是报名的最后一天，我怕你错过时间，没有多想就替你报名了，我真不知道你家会……对不起。”

海星脸色阴晴不定，陆与珩猜不准她的心理活动，只能像做了坏事的小狗一样小心翼翼：“你要是不想去也可以，反正参赛人员的名单也没有公布，还有时间反悔……”

“我去。”海星平复了心情，扯出一个无奈的笑容，“最近糟糕的事太多了，既然都报了名，就去试一下，希望会有好消息吧。”

陆与珩望着她有些疲惫的侧脸，忽然想起第一次在电视上看到她的画面。那时的她，坐在主播台上，穿着系着蝴蝶结的白色衬衫，袖沿绲着米黄色格纹，笑起来时还有两个浅浅的梨窝。甜美俏皮的笑容，让他一直陷在焦躁里的心，莫名平复下来。

可是，陆与珩很久没见到她那样笑过了。

海星低着头，皱着眉在手机上搜索一些与比赛有关的新闻，他也没打扰，只是站在原地，静静地看着她。没过多久，司机发来消息说家里已经派了别的车来接他，让他再等半个小时。陆与珩刚想告诉海星，却见她的手突然顿了一下，然后像记起什么似的，嘴里不住嘟囔着："完了完了。"

"怎么了？"他有些疑惑。

"和同学约好在图书馆补习功课，可是我给忘记了。"海星欲哭无泪，"惨了，会被骂死的。"

海星犹豫了一下，开口道："陆与珩，你能不能和司机联系一下，让他用别的车接你？我要赶去图书馆了，要不然顾循等久了，一定特别生气。"

陆与珩皱着眉，似乎觉得"顾循"这个名字似曾相识，却不记得在哪里听过。

他见海星满眼焦急，突然想恶作剧地捉弄她一下。趁着海星去取单车的间隙，陆与珩将手机偷偷关机，然后若无其事地说："司机刚刚发短信说家里的车都外出了，要到晚上才能来，不凑巧的是，我的手机没电了。"

"啊？那怎么办？"

"没事。"他无谓地摊了摊手，"大不了我慢慢走回去。"

"都什么时候了，你还在开玩笑？"海星急得跺脚，"你再这样，我真生气了。”

陆与珩没说话，过了一会儿，貌似漫不经心地提议：“不如……你带我去图书馆吧，我一个人等在这里，也害怕。”

海星隐隐觉得不妥，却也找不到借口反驳，只能勉强答应下来。

到了图书馆门口，海星停好单车就疾奔上楼。她一路上都在埋怨自己不用心，竟然把跟顾循的约定都抛诸脑后。顾循虽然没有催，但他平时最讨厌不守时的人，此时等了这么久，肯定会生气。

陆与珩不紧不慢地跟在海星后面，看着她一路焦急地小跑，撇了撇嘴。

社科馆里异常安静，白色大理石地板在日光灯的照映下光可鉴人。海星绕过门口的书架跑到阅览区，一眼就看到坐在书桌前的顾循。

面前的书翻下去了三分之二，顾循看了看表，刚把书合上，就听到了急促的脚步声。抬起头，海星写满歉意的脸就出现在他眼前。

“对不起，对不起，我不是故意迟到的。”海星双手合十，不住地道歉，“事出有因，我……”

“我不想听你解释。”顾循打断她的话，如黑曜石一般的眼睛里全是淡漠，话里没有一点儿温度，“我要回去了，你迟到太久了。”

他的态度礼貌又疏离，这样的场景，像极了上次他们在演播室争吵的那一幕。

陆与珩吊儿郎当地坐在桌子上，见海星怔在原地，而顾循一脸淡漠，不屑地从鼻子里冷哼一声。海星回过头，瞪了他一眼，然后急忙解释道：“我跟你提过的那个朋友，就是上次被骗的那个……”

“嗯。”顾循将东西收好，顺手递给她几本笔记，“各科的知识点我都整理好了，你自己好好看一下，照着笔记复习的话，跳出倒数一百名应该没问题。”

“可是……”

“就这样吧。”顾循不着痕迹地侧了侧身，“我还有事，先走了。”

电梯门打开，一股暖风涌来，她的心却凉了下去。

阅览室里仍旧是一片寂静，就好像他未曾来过一样。海星知道他误会了。这算得上什么事呢？比起她父亲的案子，比起躺在医院里的男孩，太不值一提。他只要愿意停下来，她只要好好解释，就可以翻篇了。只是十六岁的少年，太骄傲，不容许自己的骄傲有任何折辱。他以为她会继续没脸没皮地纠缠，直到把心意都说个明白。而她以为他是真的决绝狠心，不肯再把自尊送上去被践踏。

于是就这样留下了隔阂与遗憾。

陆与珩走到海星身旁，拍了一下她的肩膀：“哎，你还好吧？这人怎么这么不近人情？”

海星回过神，觉得顾循的反应也许与陆与珩有关，但细想起来，他根本什么都没做，无从责怪，只好强撑起一个笑容：“因为我迟到了啊，所以他生气了。”

“他太小气了。”陆与珩下了定论，“也不听你解释。”

“无所谓了。”海星低声说，“是我不够好。”

陆与珩并不想继续这个话题，他扭过头，将视线落在对面墙上的一幅装饰画上，“你赶紧回家吧，别管我了。”

“那你呢？”

“我在这里等司机来。”

“那好吧。”海星迟疑地按下电梯，在等待的间歇，又像叮嘱三岁小孩似的叮嘱陆与珩，“你要是觉得身体有什么不舒服，一定要给我打电话。”

海星走后，陆与珩心里泛起淡淡的失落。他站在原地，望着海星离开的方向发呆，随后拿起手机，熟络地拨通一个号码：“喂，王秘书吗？有件事你要帮我搞定……”

他向来对周围人漠不关心，灾痛也好，贫苦也好，跟他有什么关系？可是，就是这样自私冷漠到几近让人厌恶的他，终于有了一个在意的对象。那个一颦一笑都动人的女孩，仿佛是他生命里的光芒，他想牢牢抓住，因为一旦错过，就会跌回万劫不复的黑暗里。

“嗯，这件事你要对我妈保密，她一天到晚紧张兮兮的，别再给她添堵了。”

交代完，陆与珩挂上电话，望着墙上的装饰画温柔地笑了笑。画上是一个穿着白色芭蕾舞裙的少女，少女踮着足尖小心地转着圈，脚上的红舞鞋在一片纯白中格外扎眼。

红舞鞋，是童话里的一个魔咒，一旦穿上就停不下来。

就像陆与珩永远学不会适可而止。

海星回到家，一进门就看到餐桌上刚热好的饭菜，而丁梅正端着一锅煲好的汤从厨房往外走。海星急忙迎了上去，端过丁梅手中的砂锅心疼道：“妈，不是说了不让你动吗？你病还没好全。”

丁梅脱下围裙，笑着解释：“是程葵来做的饭，她知道我病了，你不在家，就过来帮忙。我只是热一下而已，不累的。”

海星坐在餐椅上，看着满桌热气腾腾的饭菜，突然就湿了眼眶。从小到大，只要她有事，程葵都会陪在她身边，像大姐姐一样安慰她，照顾她，可是自己却因为一些小情绪质疑她的感情。

想到这儿，海星越发觉得愧疚，她想叫程葵一起吃饭，顺便谈谈心。小时候，每次程向明发火，海星都会偷偷把程葵叫到自己家里，两个人盖着一床被子，说着悄悄话，可是现在她们已经很久没有好好聊天了。谁知，当海星提议把程葵叫到家里吃饭时，丁梅却告诉她程葵已经出门了，而且背着旅行包，像是要出远门。海星没有多问，只是有些好奇，决定晚上睡觉前给程葵打个电话询问一下情况。

吃过晚饭，海星抱着碗筷去洗，房子很小，她在厨房刷碗时能听到丁梅在卧室里刻意压低声音打电话的动静。

“许姐，我家情况确实特殊，急需用钱，请您帮我们加紧审批，真是太感激您了。”

海星擦干手，疑惑地走进卧室：“妈，出什么事了吗？”

丁梅正好挂上电话，看到她，尴尬地笑了笑：“没什么事，只是最近急用钱，打电话催一下政府的同志。”

“拆迁款要下来了吗？”海星很高兴，“咱们什么时候去给爸爸请律师？”

丁梅垂下头，神情黯然，一副欲言又止的样子。

海星坐到床边，见母亲表情有些古怪，突然有些慌乱，追问道：“怎么了？是拆迁款出了问题？”

“没有没有，只是我已经答应那家人，把拆迁款全部给他们。”丁梅捂着脸，抽泣起来。

今天上午，海星前脚刚走，那家人后脚就到了。三五个身材魁梧的中年男人把大门拍得“嘭嘭”响，嘴里骂骂咧咧地让她把所有的钱都交出来。丁梅害怕极了，只能把凳子、椅子都堆在门口，防止他们闯进来。那些人见丁梅迟迟不肯出来，拍门的动作换成了“咣咣”的砸门声，还威胁她如果不把拆迁款全部交出来，就报警把她抓进去。丁梅只好答应了他们的要求。

“什么？”海星不可置信，“你怎么能答应他们呢？拆迁款可是爸爸的救命钱！”

丁梅低着头，像犯错的孩子：“我能怎么办呢？那些人不讲道理的，我要是被警察抓了，只剩你一个人了……”

“妈，这种情况，你是不会坐牢的！”

“我又不懂这些！”丁梅痛哭道，“他们无休止地咒骂，砸门，威胁着要伤害你。我害怕，我不得不答应他们的要求。都是我的错，是我太懦弱了……”

海星咬住嘴唇，气得全身发抖。她狠狠地擦去眼角的泪水，上前抱住母亲：“妈，你没错，这不怪你。”

丁梅浑身颤抖着，海星看着她如今害怕的模样，突然怀念起父亲在时，他们一家人无忧无虑的时光。

听母亲说，年轻时父亲特别穷，她顶着重重压力，义无反顾地嫁给了父亲。有了她之后，家里开了餐馆，父亲还是像一开始谈恋爱时，宠着母亲。他从来不让母亲干累活，反倒是母亲过意不去，经常去餐馆帮忙。

说起这些往事时，母亲疲惫的脸上洋溢着幸福。现在，那个为她遮风挡雨的男人不明不白地入狱，她整个人也垮了下来。

“妈,你别害怕。”她擦了擦母亲脸上的泪水,“一切都会过去的。”

海星抱着母亲，不住地安慰，直到她哭累了躺在床上沉沉睡去，才退出房间，轻轻关上了房门。回到卧室后，海星躺在床上翻来覆去，满脑袋都是今天发生的事情。

她索性从床上坐起来，拿出顾循的笔记，准备再复习一下。

笔记上的字迹工整，像极了顾循纯白的内心，海星一点儿一点儿地看下去，碰到实在难以理解的，就用铅笔在旁边画个圈，准备有空时请教程葵。

夜色已深，海星抬头活动了一下僵硬的脖子，突然想到还没有给她打电话询问情况，估摸着这么晚，程葵可能不方便接电话，便顺手发了个信息：睡觉了吗？你去哪啦？

程葵很快回复：出去办了点儿事，太晚了，早就睡了，你早点儿睡吧。

海星看着短信，撇了撇嘴，她有一肚子话想要倾诉，可是也只能放弃：好吧，晚安啦。

手机忽明忽暗，海星躺回床上，一刻也不敢放松地盯着手机，生怕错过程葵的短信，可是等了好久，也不见她回复。按捺不住自己想要倾诉的心，海星又发了一条短信：今天顾循好像因为陆与珩生我气了，怎么办？

这条信息如石沉大海，没有任何回复。

澄县。

澄县虽然离云浅市只有两个小时的车程，但地处山区，贫瘠而落后，交通又不方便，只有几趟长途车往返于云浅市与澄县之间。大多数年轻人都不愿意留在这里，只剩下一些老人，守着这座破败的城市。

冬天的夜晚格外寒冷，泼墨一般的夜色下，长途车站寂静无声，售票处的窗口紧闭着，只有几辆老旧的客车歪歪斜斜地停在场地上，显得死气沉沉的。

程葵蹲在地上，不住地往双手哈气取暖，可是即便这样，寒气还是直往她身体里面钻。她掖了掖领口，抱紧了自己，头顶昏黄的照明灯将她的影子拉得很长，变形的黑影让她莫名恐惧。

这时，死寂的环境里响起突兀的脚步声，程葵吓了一跳，迅速起身躲到大门口背光的阴影里。她设想了无数不好的可能，却在看清来人的一刹那烟消云散，只剩下惊讶。

“顾循？”

此刻，顾循就站在她面前，穿着一袭黑色的长款羽绒服，与浓浓的夜色融为一体。见到程葵，他似乎并不惊讶。

“你在等车？”顾循的语气淡淡的，“看样子不会有车了。”

“嗯，可能是快到除夕了。以前都是到晚上十点才发最后一班。”

顾循挑了挑眉：“你经常来澄县？”

“也没有。”程葵的声音因为混杂着寒气而显得颤抖，她抬头问顾循，“你呢？”

“心情不好，散散心。”他认真的表情不像是在开玩笑。

程葵想到海星的那条信息，觉得顾循的话似乎也说得通。笑了笑，说：“澄县这个乡下地方，有什么好散心的呢？爷爷奶奶以前住这边，我之前来过，都快闷死了。”

“你是澄县人？”

程葵并不愿意承认这个身份，犹豫了一下解释道：“爷爷奶奶是药农，之前在这边租了地种药材，算不上澄县人。”

顾循简短地“哦”了一声，转开了话题：“我们该怎么回去呢？”他望了一眼紧闭的售票窗口，“难道要在这里等上一夜？”

程葵想了想，低下头，似乎有些不好意思：“这附近没什么人家，我路过时只看到车站外面的招待所还亮着灯。不如我们去看看？”

顾循没有说话，似乎觉得有些不妥。一时间，气氛突然尴尬起来，冬夜本来就冷，在地处山区的澄县，这种寒意更是深入骨髓。站了一会儿，再也顶不住的两人对视一眼，默契地一起向外面走去。

招待所就设在车站不远处，“车站旅社”四字招牌立在门口，墙上用红色油漆刷着“住宿 60 元”的字样。虽然只有四层的招待所尽显简陋，但门口亮着的暖黄的灯，却让这寂静的深夜显得格外温馨，甚至让人忽视了招待所斑驳的外观和看不出颜色的油污地面。

老板娘坐在柜台后面嗑着瓜子看电视，瓜子皮吐了一地。

程葵犹疑了一下：“顾循，你爸不能来接你吗？”

“不想麻烦他。”顾循知道程葵的顾虑，但是不想打电话通知家里。自从上一次和父亲吵过架之后，他们之间的关系似乎疏远了很多。顾循不想让他知道自己来了澄县，毕竟这件事与海星有关。

他拿出自己的身份证，递了过去。

老板娘瞥了一眼，在柜台后哑着嗓子喊了一句：“没房了！”

“一间都不剩了？”

“一间都不剩了！”老板娘看两人都是学生，又有点儿怜悯，“外面太冷，要不你们就在柜台这儿凑合一晚上吧，年轻人坐着聊聊天，时间一下子就过去了。”

电视节目播完后，老板娘打着哈欠上了楼，将地方腾了出来。

柜台后是老板娘临时休息的地方，只简单地放着躺椅和凳子，取暖器插着电，发出黄澄澄的光，驱走了身上的寒意。顾循自觉地坐到椅子上，将躺椅留给程葵：“你睡一会儿吧。”

“我不困。”程葵揉了揉眼睛，想了想犹豫道，“顾循，海星说你生她气了。”

“嗯？”

“如果你是因为这件事困扰，我可以替她解释。”

顾循抬起眼睛，看着她，不置可否。

“她跟我提过那个叫陆与珩的男生，那个男生似乎有一点儿心理问题，海星想帮帮他……”

顾循不由得笑了："她自己家里一团糟，还有空去帮别人？"

"你并不了解海星。"程葵耐心地解释，"她就是有一腔赤诚，只要自己有能力，就竭尽所能地去对别人好。她心思纯净，待人处事都格外热情。就连卢贝贝那么欺负她，海星也从来没有在背后说过卢贝贝的坏话。"

顾循扯了扯嘴角："我倒觉得，她根本就没有在意这次的补习，不然为什么不提前告诉我？"

程葵摇摇头："不是的，海星经常跟我说，要好好准备下次的考试，好好努力。这样的她，怎么会不在意呢？"

顾循望着取暖器的光，良久，忽然极轻地笑了一下："程葵，我以为你不会帮她说好话的。"

"她是我最好的朋友。"

"你内心深处也是这么认为的吗？"他抬起头，直视着程葵的双眼。

程葵的心猛地一揪，她突然想起很多自己想要忽略的画面：每个课间，她都会故意路过顾循的教室，然后装作不经意地看他一眼；每天夜自习，她也坚持最后一个离开，为了能够与他偶遇；每次在车棚停车，她都刻意寻找顾循的车，然后将单车放得离他的近一些……她想接近他的心，其实一点儿都不比海星少啊！

有时她真的很希望，海星从来就不是她的朋友，至少在仰望顾循时，她希望自己是独立的、出色的，能够与她竞争的……可是，就是因为海星是她最好的朋友，所以她才将自己青涩的感情深深掩藏，时间长了，程葵甚至忘记了自己心中也曾有过的小小的希冀。

"原来你都知道。"程葵苦笑一下，低头绞着手指，"不过这些都过去了，不重要了。"

"程葵，其实我们是一类人。骄傲，不善表达，太爱惜自己的羽毛，有时候做错事，也没勇气去承认。"他望着程葵有些挫败的脸，缓缓地说。

程葵意外地平静："不，我们永远都不可能成为一类人。你有优越的家庭，而我却永远摆脱不了自己的命运。"难道不是吗？即使她再努力也无法否认自己是程向明的女儿。这样的她怎么可能跟顾循是一类人？程葵自嘲地笑了笑，坚定地望着他："顾循，我不知道你是怎么看我的，但是请你记住，海星永远是我最好的朋友，我永远不会害她，不会说她的坏话。"

顾循紧握的拳头慢慢松开，目光渐渐沉静下去，隔了很久，他才笑了一下："好。"

招待所紧闭的大门被冷风撞得直响，门外，是无边而漫长的冬夜。

大概是累极了，海星这一觉，睡到了日上三竿。

再有几天就是除夕，餐馆里也没什么人，海星跟丁梅商量之后，决定暂时歇业。她下楼刚把"暂时歇业"的字条贴在门上，扭过头就看到了陆与珩。

陆与珩一大早就等在这里，靠在餐馆旁玩手机，鸭舌帽檐遮住了视线，如果不是突然发出的声响，他不知道要等多久。

"暂时歇业？"陆与珩指着墙上偌大一个"拆"字，"拆迁办的人刚过来刷的，都要拆了，还暂时歇业，干脆关门算了。"

海星默不作声，侧了侧身，准备离开。

"哎，别走啊，我找到蒋辰家了。"陆与珩有点儿骄傲，"厉害吧？"

"嗯。"

"走啊，我们去找她算账！"他的语气里有难掩的开心，一边说着一边拉起海星的手，往车上走。海星刚刚睡醒，还迷糊着，一时间任由陆与珩带着她上了车。

上了车，海星才反应过来，诧异地抬眼看他："你不怕蒋辰了？她把你揍得那么狠。"

陆与珩尴尬地轻咳一声，指了指司机："那是因为我没带保镖，今天我有备而来。别看司机大叔温文尔雅，他可是跆拳道黑带！"

海星撇了撇嘴，总算知道为什么陆与珩今天异常兴奋，敢情是要找蒋辰报仇。陆与珩还在说着一会儿的计划，怎么埋伏，怎么杀蒋辰个措手不及，海星不愿理他，扒着车窗望着窗外的风景。

车子穿过狭窄的巷道向市中心驶去，沿途掠过的全都是光秃秃的树木，海星有些犯困，刚要睡着，车子就停了下来，司机回头笑道："到了。"

居然是澄景高中！

海星有些诧异，疑惑地望向陆与珩。

陆与珩没有说话，下了车，海星跟在他身后向校门口走去，在距离校门口几十米处，他拐了个弯，径直走进一条狭窄的巷道。

大抵是澄景高中的气势太恢宏，海星平时真没注意到这里还坐落着一片居民区。十几栋灰色的小楼房，看起来也有几十年的历史了，却比港英大楼要整齐干净。

"这是澄景以前的职工楼，后来老师们买了商品房，就不住在这里了。"陆与珩回头解释，"现在，大部分都租了出去。"

来到最里面的一栋楼前，陆与珩顿住脚步。

"蒋辰家住几层啊？"海星问道。

"在地下室。"陆与珩沉着脸说道，"她家只租得起这种地方。"

海星不再说话，跟着陆与珩往地下室走。通往地下室的楼梯很长很黑，推开消防门后，走廊两侧都是狭小的隔间，白炽灯挂在头顶，一盏接一盏地向走廊尽头延伸。惨白的光充斥着整个空间，和地面的白色瓷砖浑然一体，让人感觉莫名压抑。

“最近消防检查，发现这里的地下室都住了人，下令整改，所以现在几乎都空了。”陆与珩解释着，“我们晚一步就找不到她了。”

陆与珩显然已经提前踩过点，径直走到倒数第二个隔间前，正要抬手敲门，就听到房间里女人的大吼声：“你又偷喝你弟弟的汤！你怎么这么不害臊？”

隔间的门板很薄，不隔音，蒋辰的声音清清楚楚：“我喝点儿汤怎么就不害臊了？他天天吃好的穿好的，我呢？连热饭都吃不上，你就这么对我？”

“你能跟你弟弟比吗？”女人的语气理所当然，“他是男孩子！我指着他养老送终，他比你金贵。这个道理你不懂？”

“不懂。”蒋辰倔强地顶嘴，“他怎么比我金贵了？你为了让他上好学校，还租了个学区房，没有钱，连地下室也肯住。你在他身上费尽心机有什么用？他已经傻了，连民工学校都不收！”

“你给我闭嘴！”女人歇斯底里地大喊。

“你接受不了啊？我偏要说，蒋望舒是个白痴！智障！”蒋辰的喊声里明显带了哭腔，“听不懂吗？那我说专业一点儿，他是个自闭症！他这辈子也就这样了！”

“哗啦”一声，是碗筷砸在地上俱碎的声音。

下一秒，隔间的门被拉开，蒋辰红着眼眶冲了出来。陆与珩来不及闪躲，一个趔趄跌坐在地上。

“蒋辰，你别走！”他捂着作痛的双臂，龇牙咧嘴地叫住她。

蒋辰转过头，瞥见海星发出一声冷笑：“你还不知道吧，昨天陆与珩给了我一大笔钱，让我别再找你麻烦，我答应了。”

陆与珩急忙从地上起来，打断她的话：“蒋辰！这跟咱们约好的不一样！”

“是啊，我反悔了。”蒋辰眼里闪着幸灾乐祸的光，“你今天来，不就是想让我当面告诉海星，我不再找她麻烦了吗？你不是要我帮你瞒着她吗？你不是想做好事不留名吗？我偏不让你如愿。”

陆与珩恼羞成怒，推了蒋辰一把：“你这么做，对你有什么好处？”

“没好处。”蒋辰瞪了他一眼，干脆利落地回答，“我心理变态，行了吧？”

说完，她梗着脖子往外走，海星还来不及问陆与珩这到底是怎么一回事，就被他拉着跟上了蒋辰。出了楼门，铺天盖地的阳光洒下来，蒋辰站在原地，仰着头贪婪地深吸一口气。

“在下面憋死我了。”她神色黯然地踢着脚下的石子，“自从我爸坐牢，日子就变得暗无天日。”

海星刚想开口，她继续说道：“我妈这个人，愚蠢无知，天天围着那个小傻子转。我在她眼里，就像个陌生人。这个世界上，除了我爸，再也没人会对我好了。”

“可是，就算你过得不幸福，也不能把自己的怨气转移到别人身上吧？”海星忍不住插嘴。

“我愿意！我看到别人幸福的样子就恶心，包括你们。”她痛快地承认，“所以你就继续被我家这些破事折磨吧！我爸以前的兄弟，可是一群流氓！”

蒋辰狡黠地笑了笑，敏锐地捕捉到海星脸上的痛苦：“除非……”

“除非什么？”海星追问。

“除非你答应给我做证人。”蒋辰转向陆与珩，目光坚定，“我要救我爸出来，他不是主犯，他不该被判那么多年。”见陆与珩不置可否，蒋辰明显有些着急：“你放心，之前骗你的钱，还有昨天你给我的，我都还给你。除了蒋望舒必要的医药费，我不会多要一分。”

海星神色微动，她没有想到无赖至极的蒋辰，内心居然也有那样脆弱的角落，也有那样拼命想要守护的人。她走到陆与珩身边，压低声音劝道：“你帮帮她吧，也算是帮你自己。”

陆与珩还是不说话，心里却动摇了。他何尝不想找到幕后凶手，早日解脱？可是，那样一来，他要面对的就不只眼前的一切，他没有勇气踏出最重要的一步。

“你不能一直活在恐惧里啊，害怕公众场合，害怕陌生人，害怕一切未知的事物……”海星看着他阴沉的侧影，认真道，“我真的希望，有一天你能站在阳光下，什么都不怕。”

陆与珩深吸一口气，望着海星甜美的侧脸，微微出神。如果自己去帮蒋辰做证，海星也会轻松很多吧？起码不会再因为赔偿金烦恼。像是下了很大的决心，他缓缓说道：“一开始，你爸并不想伤害我，他给我水喝，给我面包吃，可是在打过电话之后，突然就凶起来，把我打得遍体鳞伤，还差点儿要了我的命。我猜，一定是他们在电话里说了什么……”

他痛苦地摇摇头：“可惜我只记得他说‘货已到，什么时候打钱’，只记得这一句话！”

蒋辰红着眼睛走到他面前：“我爸被抓进去之后，有人匿名寄来一张银行卡，说留给我上学用。我去银行查过余额，我爸一辈子也赚不到那个数。”

陆与珩扫她一眼：“这些你没跟辩护律师说过？”

“没有，我爸说，死都不能告诉别人有这笔钱。”蒋辰垂下眼睛，“抗诉案开庭后，我爸当庭反悔。我妈说，有人用钱收买了他们。我无数次劝她，钱可以不要，能让爸爸早点儿出来才是最重要的。她不肯，因为我们家还有蒋望舒，蒋望舒这辈子要花的钱是个无底洞。”

她说着，突然如释重负地笑起来：“我马上十八岁了，这些年攒了一笔钱，可以自己救他出来。”

陆与珩低头思索片刻，犹豫道：“我家生意做得这么大，有仇家也不奇怪，如果是这样……”

“不是的。”蒋辰打断他，“如果是这样，当年顾远淮早就查出来了。”

顾远淮？这个熟悉的名字在海星心头泛起了一丝涟漪。之前听顾循说过，顾远淮曾经是云浅市检察院的检察官，可是后来不知道因为什么，辞了职，转行当了律师。难道顾远淮也和陆与珩被绑架的事情有关系？海星没有追问，毕竟她还不清楚整件事情，潜意识里也不想让自己卷入其中。

蒋辰又说：“虽然他现在是律师，但是如果有机会的话，我还是想请他替我爸辩护。”

陆与珩显然已经把顾循的家庭背景摸了个透彻，撇了撇嘴，不屑地冷哼一声。他看了蒋辰一眼，装作无所谓地说：“如果我给你做证，那么……你不准再找海星麻烦。”他的神色是惯有的不耐烦，而海星却从那短暂的一眼里，看出了他努力按捺的惶恐和不安。

蒋辰走过去，抬起他的手，硬是与自己击了个掌：“成交！”

很快，除夕就到了。

这一天天气很好，阳光温柔而灿烂地洒满整个云浅市。虽然放了假，但还是有很多人趁着难得的好天气，出门闲逛。海星没有出门，复习完功课便叫上程葵一起下楼打包行李。

去餐馆的路上，海星欲言又止，她想问程葵为什么没有回复她信息，可是话到嘴边还是放弃了。毕竟，事情已经过去了一个多星期，现在追问也没有什么必要。

反倒是程葵看出了她的反常，笑了笑："海星，你是不是有什么话想说？如果我没猜错的话，是上次我没回你短信的事？"见海星一脸惊讶，程葵的笑声更大了，"我就知道，你啊，什么时候学会纠结啦？我不是故意不回你短信，而是那个时候手机恰巧没电了，充上电之后已经很晚了，就没有回你。"

"原来是这样。"海星心里突然轻松起来，她挽起程葵的手，刚走到餐馆，就看到墙上用红漆刷着的"拆"字，鲜艳又刺目。年后，港英小街这一片就要夷为平地，签了拆迁协议的居民，都要尽快搬离。丁梅舍不得，这几天一有空就去餐馆里静静地坐着。此时，她坐在餐馆里，望着一地零碎不住地叹气。

海星见状连忙安慰母亲："妈，大过年的，叹什么气啊？"

程葵也劝道："对呀，阿姨，政府不是给你们找到新铺面了吗？说不定比这里生意要好。"

"但这里更有感情啊，说没就没了……"丁梅摸着餐馆的桌面，压花塑料下的桌布是她特意选的，靛蓝色的桌布上点缀着纯白色的满天星花朵。时间久了，桌布有些褪色，也溅上了油渍，可还是那样温馨。她抬头望了望这间经营十几年的餐馆，曾经的欢声笑语在她脑海里纷纷掠过，她闭上眼，似乎想将这些回忆全部带走。

过了一会儿，丁梅缓缓睁开眼睛，像是看开了一样，转移了话题：

“算了，不说这个了。程葵，听说你爸终于把协议签了？”

程葵正在后厨收拾碗筷，听到丁梅的声音，探出头回答道：“嗯，签了。新加坡那边的亲戚开了个中餐馆，想让我爸过去帮忙……”

她的声音听起来颇为愉悦，海星一愣，放下手中的抹布：“什么？你真的要走？那我怎么办？别走好不好嘛！”

程葵走出来，摸了摸海星的头发安慰道：“咱们可以打电话、视频啊，还可以写信，只要咱俩的心在一起，就算离得再远也没有关系！”她抱了抱海星，贴在海星耳旁小声地说，“海星，你永远是我最好的朋友。”

“可是，对不起，我不是故意要伤害你。”这句话，程葵没有说。她怕有一天海星得知真相，会再也不认她这个朋友。所以，哪怕最后海星怨她、恨她，她也想再自私一次，把真相掩埋。

因为，她不想失去她。

海星强忍着泪水用力地回抱。她知道，就算是再好的朋友也终将会有分离的那一天，即使用尽全力也无法改变这个结局，不如珍惜最后在一起的日子，让彼此不留遗憾。

丁梅停下手里的活，看着女儿依依不舍的模样有些心疼，她轻轻地拍了拍女儿的后背，然后对程葵说：“程葵，今晚和你爸妈一起来吃年夜饭吧，大伙凑在一起，热闹热闹。”

“好。”程葵点了点头。

夜幕笼罩，万家灯火也隐在黑暗之中。程葵和海星用红色的绒布灯笼简单装点了一下餐馆，然后将两张桌子拼在一起。丁梅在后厨忙碌着，不一会儿，一盘盘色香味俱全的菜肴就出锅了。海星坐在凳子上，盯着电视里的春节特别节目出神：“程葵，你说，我爸他会不会难过？”

程葵坐到她身边，望了望窗外：“叔叔虽然会难过，但他更希望你开心。你看，阿姨她闭口不提叔叔的事，就是希望除夕夜，大家能快快乐乐的。”

窗外燃起了烟花，炫目的烟花绽放在夜空，竟将黑夜装点得如白昼一般明亮。见海星依旧蔫蔫的、无精打采的样子，程葵提议：“不如……我们去放烟花吧！”

每年的除夕，海星都会和海振国一起放烟花，有时也会叫上程葵。海振国很宠女儿，除夕时会往家里搬回几大箱烟花，一开始是他领着她们一起放烟花，再后来，女孩们大了，喜欢一边放烟花一边说些悄悄话，他就识趣地站在餐馆里静静地看着，眼里全是笑意。

海星知道海振国的心思，也不勉强，但是怕他失落，偶尔会把自己和程葵说的悄悄话讲给他听，哄他开心。她们的悄悄话无非是一些少女的愿望，小到拥有一件新衣服，考试考好。大人们虽然觉得这只是女孩子的小心思，但是海星和程葵却坚信，只要在烟花升至最高点绽放出最夺目的色彩时，许下愿望，就一定会实现。

想到这里，海星有点儿沮丧：“今年没人买烟花陪我放了。”

“怎么会呢？还有我啊，一会儿买完烟花，我们把照片拍下来，等见到叔叔拿给他看，他一定会开心。”程葵按住她的手，安慰道，“不要伤心了，叔叔肯定希望你开开心心的。”

“嗯！我听你的！”海星深吸一口气，重新振作起来。

年夜饭在春节联欢晚会开幕前就结束了，程向明喝了点儿白酒，胳膊撑在桌面上，迷迷糊糊地从港英大楼刚竣工时开始回忆过往，说着说着竟然呜咽了，吵着要把协议撕了，不离开这里。程葵没耐心听，给海星使了个眼色，偷偷溜出了门。

刚出门，正迎上空中绽放的焰火，天女散花般抛落下无数姹紫嫣红的光点。海星站在原地，在震耳欲聋的爆竹声中，望着被繁星点缀的夜空渐渐被越来越多绚烂的烟花填满。

最近几年，云浅市加强了对烟花燃放的管理，在城区已经很难看到如此绚烂夺目的焰火表演了。海星被这阵势庞大的焰火震慑，不由得感慨道：“程葵，我们运气真好，这里简直是绝佳的观景点。”

焰火的攻势更加猛烈，颜色各异的光束冲上云霄随后裂开，像繁星一般照亮整个天空，再犹如无数流星姿态优美地滑落天际，几乎将喧嚣与美丽上演到极致。海星按捺不住激动，兴奋地抓住程葵的手：“快看！好漂亮！我从来没见过这么漂亮的烟花！”

“是啊，真漂亮。”程葵眼里倒映着星星点点，刚准备拿出手机却被海星打断。

“许愿！快许愿！”海星催促着，自己也微笑着闭上了双眼。程葵看着海星一脸虔诚的模样，就知道她一定在祈祷父亲平安归来，一家团圆。她用手机偷偷拍下了这一幕，将画面定格。照片里，海星微微上扬着嘴角，如同绽放的焰火般绚烂夺目。

程葵刚闭上眼睛许愿，却听见海星一阵惊呼。睁开眼，夜空中正在绽放的粉红色的焰火组成了两个歪歪扭扭的字母“HX”，紧跟其后的是一个硕大的笑脸。

与此同时，不合时宜的手机铃声响了起来。海星皱了皱眉，刚接起电话，就传来陆与珩毫不掩饰的兴奋声。

“海星，你看到了吗？我特意为你定制的烟花，字母好像有点儿歪，你看出来是什么了吗？”

海星撇了撇嘴，陆与珩是不是把她当作了笨蛋？这么明显的名字缩写，她当然能看出来。

“你怎么不说话？是不是感动得痛哭流涕……”陆与珩在电话

那头讨好般邀功，而海星却无语地举着手机，根本不知道该说些什么。

陆与珩絮絮叨叨地询问她的感受，海星犹豫了片刻故意把电话拿远，断断续续地说："陆与珩……我……我这里……信号不好，听不清你在说什么，挂了啊！"

挂了电话后，海星如释重负般松了口气，抬头却瞥见程葵用力憋笑的表情。

"这个借口太老套啦！"程葵笑了笑，"早知道我就早点儿许愿了，这么'用心'的烟花，愿望肯定会成真！"

"程葵，你别笑话我了。"

"你难道不高兴？刚才你都高兴得叫出来了。"程葵轻哼一声。

海星确实是高兴的。在除夕夜看到这样一场绚丽的焰火表演，而且是专门为了她……对十六岁的她来说，这样的震撼，足以铭记一辈子。

可海星想了想，自己除了开心和兴奋内心却没有泛出幸福、感动的泡沫。

手机振动了几声，陆与珩的信息跳了出来：**海星！你挂我电话！我就在巷子外面，烟花还有好多，我一会儿去找你！**

海星欲哭无泪，她现在才不想和陆与珩见面，不想听他喋喋不休地邀功。正要拒绝，陆与珩的信息又跳了出来：**完了！我和司机被城管抓到了，说我们在禁放区域燃放烟花爆竹……**

这条信息肯定是他慌乱时发来的，好多错别字，海星终于松了一口气，却又莫名地笑出了声。陆与珩抱着烟花和司机"四处逃窜"的模样肯定特别滑稽。程葵见她捂着嘴偷笑的样子，调侃道："小仙女，你现在还需要我的仙女棒吗？感觉你都拥有焰火马车了。"

说归说，她还是拉着海星去买仙女棒。除夕夜里，再有心赚钱的店铺也遵从习俗关门歇业了，她们走了几条街，都没买到烟花，只好无功而返。

“就当我们放过烟花了，好不好？”海星努力扯出笑容，安慰程葵。

“是我不好。”程葵的笑容里染上一丝苦涩，“都怪我没提前准备好。”

“一切都会变的，传统也可以变。”

“嗯。”程葵的笑容里染上一丝苦涩，“一切都会变。”

回去的路上，成群结队的小孩子蹲在街道旁，捂着耳朵跃跃欲试地点燃各种小烟花，嬉笑声与吵闹声夹杂在一起，十分热闹。有城管经过，但也是笑着摇了摇头便离开了。他们只限制大型烟花的燃放，对这种小孩子的玩具只是睁一只眼闭一只眼。毕竟，不能在除夕夜把孩子们的乐趣剥夺了啊！

不知不觉走到了港英大楼楼下，远远地，海星看见餐馆门口似乎堆了一些东西，走近了才看清那是一大捆仙女棒烟花。她吓了一跳，心突然狂跳起来，紧接着有种莫名的期待。

程葵了然于心地走过去，拿起一根仙女棒，用打火机点燃，仙女棒在夜色中发出微弱却绚烂的光，“刺刺”的声音仿佛在一点儿一点儿吞噬海星的呼吸，让她紧张得喘不过气来。

地上的仙女棒实在太多了，多到放到天亮都放不完。海星盯着满地的仙女棒突然回过神，内心那点儿期待的火苗也随之熄灭。

这并不是顾循的风格，他的尺度一向都是刚刚好，不会出现这种无谓而奢靡的浪费。果然，没过多久，陆与珩就出现在她们的视野中。除夕夜很冷，他夸张地穿了一件墨黑色的皮草大衣，翻毛长领和金属隐形内扣的设计虽然很成熟，却与他那张明朗而清俊的脸并不违和。程葵抽了抽嘴角，指着他的皮草大衣看了看海星，似乎在确认这个人是不是她口中说的单纯无助的少年。

海星比程葵还要惊讶，她猜到了程葵的想法，在她诧异的目光中，无奈地点了点头。

“哎……既然陆与珩来了，那我先回去了，你早点儿回家啊！”程葵拍了拍海星的肩，挑出几根仙女棒就离开了。

陆与珩手上提着一大袋子各式各样的小烟花，怔怔地立在原地，见海星一脸无奈，他整个人都垮了下来。远处的夜空还在升腾着璀璨的焰火，借着明明暗暗的光，海星从他的眼里看到了一丝难过。

“今天我家来了很多人，吃完饭他们都聚在院子里看烟花。”陆与珩强装若无其事地笑着，“我看着满天的焰火，忽然想到，你也许会喜欢……可是，你好像并不喜欢……”

他有些尴尬地挠了挠头，不明白自己是从什么时候开始这么在意海星的感受的。吃到好吃的，他会想跟她一起吃；看到好看的，也想和她一起看；越是热闹，他就越孤独，越想见到她。

“没有没有，我很喜欢，就是有些突然……”海星连忙否认，拿出几根仙女棒在他眼前晃了晃，“今天要开开心心的，我们一起放烟花吧！”

陆与珩的眼睛亮了起来，接过仙女棒点了点头。

“小心一点儿，别烧到这么珍贵的皮草大衣了！”

“这是我妈非让我穿的！”

“哈哈，你看上去好像一只非洲大鸵鸟！”

“海星！”

泛着寒气的除夕夜，璀璨的焰火在他们周围漾出了一圈光的海洋。陆与珩和海星站在光的中央，拿着仙女棒笑着闹着，远远望去，画面温暖而亲密。

程葵站在六楼的平台上，望着这一幕叹了口气。她犹豫了一会儿，掏出手机，给顾循发了一条短信：你失约了？却没有得到回复。

顾家的年夜饭颇为尴尬。一家三口坐在餐桌前，安静得只有餐具碰撞的声音。暖黄的光线下，顾循默不作声，而顾远淮也自顾自地看着手机里的新闻，顾循的母亲知道父子俩闹了矛盾，劝解了几句没有得到回应，实在受不了这冷到结冰的气氛，干脆不再插手，回卧室休息去了。

唯一的女人离开后，气氛似乎更冷了……顾远淮沉下脸问道：“你最近调查得怎么样？”

“还好。”顾循用两个字简单带过，明显不想多说。

顾远淮也不追问，见面前的饺子还冒着热气，似乎是想缓和一下关系，便用筷子夹起一个放到顾循碗里。谁知顾循看了一眼，不动声色地拒绝道：“爸，我吃饱了。”

“你都没吃什么，就吃饱了？”顾远淮的声音里明显有了怒气。

“嗯。”顾循想了想，开口说道，“我一会儿要出去一趟。”

“你去哪儿？”

“随便走走。”

顾远淮的胸口已经积攒了一团怒气，声音也明显高了起来：“你要去见那个女生？”

顾循皱了皱眉，没有回答。

顾远淮似乎觉得自己的态度不妥，便不再追问，只是起身去书房里拿来一沓图册，甩到他面前：“你先看完这个再出门。”

顾循正在玄关处换鞋，淡淡地瞟了一眼封面——是澄景高中“未来计划”的宣传册。

最近两年，澄景开展了与美国几所公立高中的交换生项目，会让优秀生在高三整个学年，赴美学习与体验。只要整个学年达到一定的学分绩点，那么在外交流的这段经历便可以成为申请国外名校的强大保障。凭顾循的能力，他完全可以获得常青藤盟校的橄榄枝，根本不用在高三一年赴美学习，况且他现在因为海星目标早已动摇，只希望留在国内上大学，陪在她身边。

顾远淮知道他的能力和想法，还是想让他早点儿出国，为的就是让他远离海星，离得越远越好。

“我打听过了，今年的名额有所缩减。”顾远淮试探着儿子的反应，“但我问过刘老师，只要你想去，问题不大。”

“之前我不是说了不出国，在国内读大学吗？”

“这并不矛盾。国外交流经验是加分项，你可以借此走清北的自主招生渠道。”顾远淮解释道。

“不需要自主招生，我自己考得上。”顾循抬起头，目光灼灼，“况且，我未必会考清北。”

话音刚落，顾远淮气得手发抖：“你什么意思？你难道要为了那个女生毁了自己的前程？她的成绩，连个普通的二本都考不上！”

顾循没有说话，顾远淮从他的表情里看出了失落，心下也有一丝不忍。他捡起地上的宣传册放到鞋凳上：“你还年轻，只认自己的理儿，有些事你根本就不明白。”

顾循低头盯着宣传册的封面，默不作声。顾远淮站在他面前，无奈地叹了口气：“爸爸是过来人，如果你真的一心如此，我不会勉强。但是你要知道，只有你足够有能力，才能照顾你想照顾的人。”

出了门，顾远淮说的话一直回荡在顾循耳边，他不得不承认，父亲说的很有道理。只有足够有能力，才能照顾自己想照顾的人。

半个小时后，港英大楼的轮廓出现在视野里。临近拆迁，这一片越发荒芜、冷清，路上数不清的小碎石让路更加难走，连路灯都坏得七七八八，顾循只得扶着单车慢慢走过去。透过漆黑的巷道，他看见不远处的餐馆亮着灯，卷帘门打开一半，里面隐约传来大人们喝醉后的喧哗声。

他将单车停到之前与海星见面的路灯旁，刚准备打电话叫她出来，却看见不远处两个熟悉的身影。

女生绑着俏皮的丸子头，修身的明红色牛角扣大衣，让她看起来活泼而生动。身旁的男生则穿着一件夸张的皮草外套，限量款的亮黄色球鞋在夜色下格外突兀。两个风格如此不搭的人，一起燃放着仙女棒，焰火下，女生的侧脸甜美，男生的眼里也闪着亮光，画面竟然出乎意料地和谐。

餐馆里传来春晚的倒计时：“十、九、八、七、六……”沉黑的夜空，应景地升起一团团磅礴的焰火，照亮了整片天际。女生兴奋地跳起来，冲着夜空大声许愿：“新年快乐！明年一切都要好起来呀！”

焰火洒下的光映在她脸上，为她笼上一层淡淡的柔光。男生站在一旁，不易察觉地替她敛起额前滑落的碎发。顾循站在距离他们几米之外的阴影处，心突然剧烈疼痛起来。他低下头，自嘲地笑了笑，随后转身离开。

第六章 记得我，像记得一朵尘埃

罗伯特偷偷地去森林深处采摘花朵，想做一个花环送给小女孩。

他想：她那么漂亮，一定要最美的花朵才配得上她。

最美的花朵长在悬崖边上，他不太会攀岩，小心翼翼地顺着藤蔓爬下去。

一块又一块的石头刮破了他的膝盖、手臂、额头……

很痛，但是他并不想放弃……

就在这时，他一只手摘下花朵，藤蔓断了，罗伯特摔了下去。

云浅市的春天来得格外早，刚刚开学，澄景高中的紫荆树就不知不觉冒出了新芽，空气中散发着一股温暖而湿润的清香。摸底考试的成绩出来后，海星忐忑地点开官网，在成绩查询那一栏输入考生号后，说什么也不敢输入密码。程葵见她纠结的模样，摇了摇头，抢过电脑输入了密码。

密码是考生号的后六位，程葵输入完毕后，便惊呼出声："海星！你快来看！"海星被她的反应吓了一跳，慌忙凑到电脑前，眼前的名次让她不敢相信，反复确认了几遍后，才兴奋地抱住程葵："啊啊啊……我终于摆脱倒数一百名的魔咒了！"

"咳咳咳……你快松开我，我快喘不过气了！"

"不好意思，我太兴奋了。"海星松开手，俏皮地吐了吐舌头。

程葵理了理被海星弄乱的衣服，突然想到了什么："对了，你是不是应该去感谢一下顾循，他可是帮了你很多啊。"

程葵的话音刚落，海星的表情就垮了下来，过了一会儿她仿佛自言自语道："倒数第一百零五名还是有点儿丢人啊，而且自从上次他从图书馆离开后，就再也没来找过我……"

海星垂下头，心里越发失落起来。上次不欢而散后，顾循连一条短信都没有发过，一开始海星还伤心了很久，可是后来她也想开了，不想把全部的精力浪费在胡思乱想上，她还有更重要的事去做，和顾循的关系，就顺其自然吧。

成绩公布后没多久，云浅电视台主持人大赛的入选通知也到了，海星不出所料地入选，初赛就在开学的第二个周末。因为害怕在第一轮淘汰，参赛的事情，她没有告诉程葵。

海星认认真真地准备了两个星期，当她单枪匹马来到云浅市电视台门口时，却看到一张熟悉的面孔。

精致的妆容、宝蓝色西装套裙、奶白色高跟鞋、用发胶固定过而更显干练的齐耳短发……这些略显成熟的装扮，搁在卢贝贝身上，却显得非常妥帖好看。

似乎是感受到了海星的视线，卢贝贝抬起头，却在看到海星的那一刻别过头去。

电视台的工作人员站在门口发放号码牌，选手们要按照顺序依次入场。海星的号码和卢贝贝挨得很近，她去领号码牌时，恰巧听到卢贝贝抱怨的声音："怎么和我同学离得这么近？"

工作人员好脾气地解释："我们是按学校分组的，你们是一个学校的，自然挨得近。"

卢贝贝不耐烦地揉搓着号码牌，海星从她皱着眉头的表情里感到了深深的厌恶，但很快，她意识到，号码牌相近意味着她们之间将会有更加直接的竞争关系。

云浅电视台建筑的外观颇为老旧，白色墙体经过岁月洗礼已褪为浅灰色，背阴处爬满了藤类植物，显得幽静雅致。海星望着与环境融为一体的电视台，总觉得它的风格和传媒业紧迫的节奏并不相称。然而当她推开大门，进入里面时，却被眼前繁忙的工作环境震撼。电视台的内部装修以红色为基调，配以大片大片的玻璃隔断、透明桌椅和灰白色工作灯，营造出强烈的现代风格，与建筑本身的古旧外观背道而驰。

上百名工作人员，步履匆匆地穿梭其间，紧张又快节奏的氛围不言而喻。在这样的氛围中，很容易感受到媒体人雷厉风行的工作态度，也容易对这份职业产生强烈的向往。

没过多久，一名挂着工作牌的年轻女生面带微笑地走了过来：

"你们好，我叫 Ariel，一会儿由我带你们去初赛的房间。"

有女生按捺不住自己八卦的心，好奇地问道："Ariel 姐姐，你看上去好年轻，是刚进电视台吗？"

Ariel 瞥了女生一眼，淡淡地说："我还在读大学，是来实习的。"

"哇，好厉害，在大学就能进电视台实习！"女生浮夸的表情让在场的其他选手下意识地撇了撇嘴。

Ariel 顿住脚步，丝毫不给女生面子："电视台要实习生的条件很简单，做事勤快利索，不要动歪心思，油嘴滑舌。"

嘲讽得很明显了，周围人发出一阵窃笑，女生的脸涨得通红，尴尬地低下了头。

海星和其他选手跟着 Ariel 穿过长长的走廊，左侧是暗灰色的工作间，不时有工作人员拿着台本急匆匆地推门而进。走廊尽头整齐地排列着几间稍大的房间，门口用夸张的数字形象标注着房号。

1 号是等候室，2 号则是初赛室，进到等候室后，大家紧张的心稍微放松下来，一个服装精致的男生忍不住问道："初赛主要考什么啊？"

"我不太了解哦。"Ariel 明显不想回答，只是宽慰道，"别紧张，你们的资料能通过海选，就说明已经很优秀了。"

"会有人被淘汰吗？"一名个子小小的女生怯生生地问。

"既然是比赛，就肯定有淘汰啦。"Ariel 好脾气地笑了笑，"初赛的淘汰率在 70% 左右。"

大家没想到淘汰率这么高，倒吸了一口冷气，不敢多言。

进入初赛的总共有 200 多人，20 人为一组，按照号码牌依次进行比赛。等候室里的 LED 显示屏上显示着选手的名字，被叫到名字的选手或自信，或忐忑，但出来时，都一脸凝重。Ariel 不准大家相互打听比赛的事，没被叫到的选手只能变得紧张。

海星是第四组，而这个组里澄景的学生竟然有六七位，还几乎都在校园电视台工作过。可是，自从海星家出事后，大家很默契地疏远了她，此时面对面地待着，不免有些尴尬。

海星非常自觉地坐在角落，不与大家的视线接触。然而，她们故意压低的声音还是不停地钻进她的耳朵里。

“贝贝，你来参加比赛怎么没跟我们说呀？”

“我来参加比赛很奇怪吗？”

“当然不是啦，其实某个人出现在这里才奇怪呢。”

“有什么好奇怪的？”

“她家里一堆破事，还有空来凑热闹，真够没心没肺的。”

卢贝贝淡淡地扫了海星一眼，平静地说：“那也是她自己的选择。”卢贝贝不再像从前那样幼稚地与海星拌嘴，平静的表情里没有一丝波澜，但海星还是能从她的眼神里看出残留的厌恶。

她的心里突然有些失落。

如果不是那场变故，她们也不会蜕变得如此之快，再也不复当初天真的模样。

两个小时过后，终于轮到了海星，Ariel 扫了一眼显示屏，便催着她入场，然后回头叮嘱道：“陈静、刘雪莹、卢贝贝，你们准备一下。”

初赛的房间布置得很简单，巨大的幕布前支着一只话筒，话筒前方是评委席。大抵是参赛的选手太多，评委们都一脸疲惫，根本没有理会眼前的女生。

海星忐忑不安地站在话筒前，被严肃的氛围压得不敢抬头，她深吸一口气，平复心情后开始自我介绍：“我叫海星，来自澄景高中，今年十六岁……"

话没说完就被打断，评委席上一名打扮精致，留着齐耳短发的年轻女人低头翻阅手中的资料："我们都知道你来自澄景，不需要特别渲染。看你的气质不错，朗诵一首诗歌吧。"

"什么……都可以吗？"海星有些紧张。

"什么都可以。"她若有所思地看着海星，"澄景的学生应该可以自如应对各种事情吧，临场反应能力总归要有。"

海星额头上沁出一层细汗，她调整了情绪，沉下声音，朗诵起莱蒙托夫的《乌黑的眼睛》。

"……南方的明眸，乌黑的眼睛。我从目光中阅读爱情。自从我们相遇的那一刻，你是我白天黑夜不落的星。"

因为诗句和她的名字相关，她偶然读到便深深记住。此刻，她紧张得大脑里一片空白，下意识就背出了这一首。可是当她声情并茂地朗诵完之后，却没有得到想象中的肯定。

"抑扬顿挫很到位，可见你的主持功底。不过……"女人故意停顿了一下，缓缓说道，"这首诗歌的主题明显不适合现在的你。"

女人温柔地笑着，海星垂着头，声音微如蚊蚋："对不起，我一时没有准备……"

"你出去吧，我们要打分了。"女人敛起笑容，示意海星离开。

海星恭恭敬敬鞠了个躬，退出房间。关门时，她抬头扫了一眼女人评委席上的名牌——"云浅大学法学院院长，杜清浅。"

名字很雅致，也与她的气质相搭，海星一下就记住了。

见到海星出来，很多选手都围了过来，言语上虽然是关心，实际上是想打探一下里面的情况。海星没说话，背起书包就往大门外走。Ariel 追了上来，叫住她："先别走，成绩还没有出来。"

“不用了。”海星叹了口气，“我估计没戏了。”

“那也别放弃希望啊！” Ariel 笑起来的样子特别阳光，“我觉得你可以。”

海星摇了摇头，不知道 Ariel 为何这么相信自己，但是她还是礼貌地道谢，然后转身离开。

“海星。”身后响起的熟悉声音，让海星顿住脚步，转过头，正对上卢贝贝的视线。

她张了张嘴，想好好地打声招呼，但看到卢贝贝一脸冷漠还是放弃了。大门外聚集着许多等待的家长，大有艺考的架势。卢贝贝走到花坛旁坐了下来，大概是新的高跟鞋有些磨脚，后脚跟红肿得让她眉头皱了起来。

海星犹豫了一下，主动走上前：“你要创可贴吗？我书包里有。”

卢贝贝本想拒绝，无奈脚跟痛得钻心，只好默默地伸出手。海星赶紧从书包里翻出创可贴，蹲下亲自给她贴上。疼痛有所缓解，卢贝贝的脸色也好看了一些，海星站在原地，斟酌着问道：“贝贝……你爸好一点儿了吗？”

卢贝贝穿高跟鞋的手顿了一下，头也不抬地回答：“就那样。”

话题就这样聊死了。

海星尴尬地抽抽鼻子，背上书包准备离开，卢贝贝却在身后叫住了她：“海星，其实……我很讨厌你，虽然我知道整件事和你没有任何关系，却找不到发泄的方式……后来，我想开了，你也是受害者，你也很挣扎，虽然我还是很怨恨，却不想伤害你了。”

她的声音有几分悲凉：“有时候，我真的情愿我爸死掉，他现在一动不动地躺在床上，这种痛苦日复一日地施加在我和我妈身上，没有止境……对我爸来说也是一种煎熬。”

海星没办法反驳，只能一遍又一遍地道歉："对不起，真的对不起……"

卢贝贝无奈地笑了笑，低着头佯装抚平创可贴的贴痕，而眼泪却大滴大滴地砸在地面上："也许，这次比赛能让家里有一点儿好消息吧。海星，你也是因为这个才参加比赛的吧？"

海星不知道如何回答，正犹豫着要如何开口，卢贝贝却穿上鞋离开了。海星望着她的背影，一时间有些恍惚，卢贝贝没有像往常一样嘲讽她，然而她平静的谴责却比任何惩罚都有力，几乎压得她喘不过气来。

海星内心迫切地希望自己初赛不要通过，这样就可以避免见到卢贝贝了。然而，十天后，云浅电视台的短信还是发到了她的手机上：海星同学，恭喜你通过初赛，复赛时间定于下周六上午10:00，复赛流程为三分钟新闻播报及评委随机提问，请提前做好准备。

海星有些疑惑，明明那个评委对她的印象并不好，直到她看见校园电视台的微信群里，参加初赛的那几个同学都在相互报喜，心里才安定下来。

或许通过率就是这么高呢？

有了一点儿底气之后，她决定将比赛的事情告诉程葵。晚自习结束之后，海星守在程葵教室门口，等了半天也不见她出来，只好默默地将头探进去，压低声音："程葵，该回家啦！"

程葵坐在教室的后方看书，听到海星喊她，才反应过来走出教室："你先回去吧，我还要上夜自习。"

"刘老师说最近治安不好，不是住校生的话，不鼓励上夜自习呢。"

"可是，马上就考雅思了，我有好多知识点没有背，要争分夺秒了。”程葵有些无奈。

“啊？这么快就要离开了吗？”

前一阵子，程葵说自己在准备雅思考试，她准备考试结束后再跟着程向明去新加坡。纵使知道她要走，但海星还是舍不得。

“嗯，或许不会等到高三结束。”

见海星失落地垂下头，程葵不由得笑了：“别难过了，而且我知道你通过初赛了哦，学校里都传遍了，你今天来是想特意告诉我的吧？”

海星闷闷地“嗯”了一声，程葵拍了拍她的肩膀，又安慰了几句才折回教室。

单车的链条不知道什么时候断了，海星叹了口气，将它推到学校的修车铺后才慢慢地往校门外走。初春湿润的夜色里，夹带着一丝凉意，校园甬道旁的紫荆树散发着不易察觉的淡淡花香。仿佛在一夜之间，一切都变得不同，而她也要从这个春天开始，学会习惯离别。

谁知，刚出校门，她便看到了陆与珩的身影。

他刚从车里出来，明显没有发现海星，不知想到了什么，突然将身上的黑色连帽卫衣脱了下来，只穿着纯白色的打底衬衣，双手插兜地靠在车旁。过了一会儿，又弯下腰对着后视镜整理起头发，或许是穿得太少，不住地打着喷嚏。

司机有些担心，慌忙拿着外套跑到他面前：“少爷，天太冷，还是穿上点儿衣服吧。”

陆与珩没有理会他，自顾自地摆着造型：“你说，我这样帅不帅？”

他半倚着车门，故作深情的模样吓了司机一跳，但司机还是由衷地夸赞道：“当然帅了，您这样简直比电视上的明星还要帅！”

“哪个明星？”陆与珩来了兴趣，“你别蒙我。”

“我哪叫得出名字啊？不过，我女儿特别喜欢他。”

“你的意思是……女孩子会喜欢我这样的？”

“那还用说吗？”

“哈哈哈。”陆与珩情不自禁地笑出声来，而后马上敛起表情，“好了，你先回车里吧，海星一会儿就要过来了。”

“少爷……你冷不冷？”

“你再给我拿几个暖贴。”

“好！”

海星站在不远处，望着眼前的一幕，抽了抽嘴角。毕竟是初春，大部分人还是穿了薄绒外套，陆与珩只穿着一件衬衣，无疑像穿着睡衣逛街一样怪异。

“陆与珩。”海星走到他跟前，打量了一番，“你难道不冷吗？”

“不冷啊。”陆与珩看到海星，努力维持的深情形象瞬间瓦解，“恭喜你通过初赛！”

海星狐疑：“你怎么知道的？”

“我天天都在刷电视台的微博，初赛的名单一出来，我就知道了。”他搭上海星的肩笑着说道，“我们去庆祝一下吧！百方购物中心最近新开了一家鬼屋，听说很刺激耶。”

海星不着痕迹地甩开搭在她肩上的手，头也不回地拒绝：“这么晚去鬼屋？我才不要！”

“是青木病院巡演的最后一天啦。”陆与珩将宣传单塞到她手里，“一块去看看嘛！”

青木病院是以废弃医院为主题的鬼屋，最近到云浅市巡演，但只停留半个月。百方将广告打得铺天盖地，海星本打算和程葵一起去，无奈一直没有合适的时间，转眼巡演就要结束了。

“你……可以去那种地方吗？”海星有些动心，但还是怕他出现什么意外。

陆与珩愣了两秒，突然明白海星是担心他的病情：“当然可以啦！我最近都有积极吃药，还配合医生治疗，病情好转了不少。”

见海星还在犹豫，陆与珩又急忙补充：“这些票也是别人送我的，你要是不去，那就只好丢了。”

青木病院的名气真的很大，海星到底抑止不住好奇，又想到程葵也心心念念着，终于下定决心：“那我可以叫朋友一起去吗？”

“好啊好啊，你赶紧给她打电话！”陆与珩开心地催促道，“反正我有一堆票呢！”

程葵还没有下夜自习，但是听说今天是青木病院巡演的最后一天，立马同意道：“正好我背单词背得头疼。你等一下，我马上出来！”

陆与珩无聊地蹲在路灯下查鬼屋攻略，程葵出来时，向海星使了一个眼色：“这不是那个穿皮草大衣的朋友吗？”

海星怕他听见，尴尬地“嘘”了一声，程葵耸了耸肩不再说话。

上了车之后，陆与珩殷勤地打开了暖风，海星身上残留的寒意也随之烟消云散。

没过多久，就来到了百方购物中心。

商场九层还未装修，“青木病院”便临时占据了九层的空间。刚出电梯，“医院”大门正中央悬挂的原木招牌就让海星吓了一跳。“青木病院”四个字好似用鲜血勾画而成，在周围晕染开来。为营造恐怖氛围，整个九层连正经的照明光源都没有，只在入口处布满莹绿色的灯带，使“医院”全部浸在阴森森的光线当中。

大抵是巡演的最后一天，哪怕到了深夜，“医院”门口还是排着长长的队伍，一片热闹。

“我们是快速通道的票，不用排队。”陆与珩点了点人数，海星这时才发现，司机大叔也跟上来了。

“咦？司机大叔也一起去吗？”程葵有些疑惑。

司机抢着解释：“我怕少爷去人多的地方会紧张，所以跟来了。”

程葵听海星说起过陆与珩的病情，也就不再多问。陆与珩没有说话，不易察觉地向海星的方向靠了靠。这里本就人多，再加上异常恐怖的氛围，他渐渐有些不适。

海星没有发现他的举动，完全沉浸在兴奋中不断地催促着：“好了吗？好了吗？我都等不及了！”

检票员接过门票，仔细检查一番，示意可以进场。

“等一下！”

身后突然响起一个尖锐的声音，在紧张的氛围里显得格外突兀，海星回过头，皱着眉看了好久才辨认出是蒋辰。

一段时间不见，她似乎在乖张的路上越走越远，之前齐腰的长发剪成清爽的超短发，却将她原本精致的五官凸显出来。她看起来瘦了不少，微高的眉骨下一双典型的桃花眼中带着略微的挑衅和傲气，嘴角勾起的弧度似乎有些魅惑，运动挎包随意地挂在胸前，港风的宽松卫衣和故意挽起一只裤脚的直筒裤，让她显得个性十足。海星突然发现，原来那个飞扬跋扈的蒋辰中性打扮起来竟然也可以如此好看。

陆与珩脸色一沉，拉起海星就往入口走。蒋辰几步就追上来，拦在他们面前：“你怎么不接我电话？不是说好了要给我做证吗？”

“我是答应给你做证，”他有些不耐烦，“可你没必要每天都给我打电话吧？好像在监视我一样。”

蒋辰的脸色陡然变得难看，陆与珩侧了侧身绕过她，继续往前走。可是还未等他进场，蒋辰的身影“嗖”地闪到了最前面，指着陆与珩得意地冲检票员说：“我是他朋友，我们一起的！”

检票员有些为难，还在检票的手僵在原地。陆与珩明显被气到了，但是碍于这么多人，没有发作。海星见状，只好劝道：“算了，不要跟她一般见识，也不差她一个。”

“从来没见过这么厚颜无耻的人。”陆与珩咬着牙压低声音，犹豫了一会儿还是将另一张门票递了过去。

前一组入场一刻钟之后，检票员示意他们可以进去了。

“遇到会移动的不明物体不要随意殴打哦。”他给每人发了一只手电筒，提醒道，“那是我们的工作人员。”

青木病院里面实际上与寻常的鬼屋差不多，暗红色的灯光和音效虽然很恐怖，但不免有些“套路”。入口与狭窄的走廊相连，一直延伸到道路尽头，走廊两侧的房间阴沉沉的，好像下一秒就有人从里面破门而出。海星打了个冷战，催促着程葵往里走。地上随意扔着一些生锈的医疗道具，还有污浊的担架。陆与珩走在最前面，不断地说着话给自己壮胆：“一点儿都不恐怖，都是假的。”

司机贴在他身边，压低声音：“少爷……你还好吗？”

陆与珩瞪了他一眼：“小点儿声，海星该听见了，你离我远点儿……”

“可是……少爷……”司机有些为难。

“闭嘴！走开！”

司机了解他的脾气，闭上嘴乖乖地走到队伍的末尾，忧心忡忡地望着陆与珩。

陆与珩拿出工作人员分发的探险手册，借着手电筒的光，逐字逐句地读出来：“……半个小时内，找到隐藏在秘密之地的幸存者，并且走出病院，赢得胜利……”

“赢了之后竟然还可以得到奖品耶！”他兴奋地晃着手中的宣传册，冲海星喊道。程葵正与海星说着悄悄话，听到他的声音，冲海星努了努嘴巴。门口的柜台里确实放了一些诸如公仔或者水杯之类的小奖品，但陆与珩怎么可能对这种女孩子的东西感兴趣？不过是为了讨海星欢心罢了。

一听到有奖品，海星果然很开心：“是随便选吗？我想要那个哆啦A梦的玩偶！”

“当然是随便选了，你喜欢哪个就选哪个！”

“太好了！不过那个更大一些的泰迪熊也很好看！”

“我倒觉得垂耳兔挺可爱的。”

陆与珩旁若无人地讨好海星，剩下的人只能尴尬地站在原地。程葵轻咳一声，催促道：“不要耽误时间了，规则上不是说要在半个小时之内找到幸存者吗？现在已经过去五分钟了。”

“对对对，我们不能耽误时间。”海星反应过来，“那我们一间一间找吧，看看有什么线索。”

“只有半个小时，这么多房间，哪儿来得及？”程葵走到陆与珩面前，抢过探险手册，“这个探险手册上肯定有线索，不然他们也不会一再强调不要弄丢了。”

程葵的推测合情合理，果然，在探险手册第二页的右下角处明显有笔画过的痕迹，摸起来还有浅浅的凹陷感。程葵翻开书包找到铅笔在上面轻轻地涂抹。不一会儿，一串明显被拆分、打乱的数字就呈现在他们面前。

“哇！程葵！你太厉害了，我都想不到！”海星感觉自己的智商受到了碾轧。

几个人凑到程葵身边，借着手电筒的光，盯着数字猜了半天。

“好像是房门号？是971？”陆与珩斟酌着开口。

“是房门号，不过不是971。”程葵果断否定，“应该是671。”两个数字相差很远，本以为程葵会说明原因，谁知她却淡淡地说了两个字“直觉”。陆与珩直接翻了个白眼，看向海星。

海星怔了一秒，连忙摆摆手：“别看我，我什么都看不出来。”

“既然这样，那就兵分两路吧。”程葵将探险手册塞进书包，提议道。

一听要兵分两路，还在神游的蒋辰果断跳过去拉住陆与珩的胳膊：“好啊好啊，兵分两路吧，我跟你走！”陆与珩吓得退后两步，求助地望向海星：“海星，你要不然也跟我一起？”

“这样不太好吧，司机大叔肯定会跟着你，保护你的安全，我不能留程葵一个人的。”海星想都没想就拒绝了。

“那好吧。”陆与珩有些失落，嫌弃地看了蒋辰一眼，却反常地不再挣扎，“你注意安全啊！”

他们所在的位置正好是走廊中央，再往前走，就是岔路口。海星跟在程葵身后，不安地抓着她的胳膊。一旁的墙壁上涂鸦着奇形怪状的图案，隐约可见手指划过的痕迹，海星吓得直冒冷汗，闭着眼睛不断默念：“都是假的，都是假的。”

到了671的门口，程葵毫不迟疑地推开门，伴随着刺耳的开门声，一只血淋淋的断手突然掉了下来，晃晃悠悠地垂在海星面前。

“啊——”尽管心里早就做好了准备，可是海星还是忍不住尖叫起来。

“是假的啦。”程葵嗔怪地看她一眼，扯了扯断手，“你看看，海绵做的。”

“可是还是很恐怖啊！”海星被吓出了眼泪，嘟嘟囔囔地抱怨。

“哎，那你跟在我身后，不要乱动。”

海星老实地躲在程葵身后，只用眼角的余光打量这间污浊不堪的房间。房间里燃着几支蜡烛，气味有些难闻。一旁的角落里放着两张生锈的病床，床头正对着的古董电视机上摆放着落满灰尘的洋娃娃，破旧的灰色窗帘脏兮兮地垂在地面，看起来死气沉沉的。

即使知道这些都是烘托氛围的道具，可海星还是被吓得不敢动弹，而程葵却完全沉浸在解谜的乐趣里，四处翻找着下一步的线索。没过多久，她就从窗帘的后面找到了遥控器，兴奋地按下了按钮。

古董电视机的屏幕闪了一下，随即亮了起来。

“啊啊啊！”海星猛地跳过去紧紧抱住程葵。屏幕里播放着一段录像：一个身穿白衣的女人正对着她们坐在椅子上，地上随意放着猴子、洋娃娃和泰迪熊的玩偶。

程葵思考了一会儿，扬了扬嘴角信心满满地说：“这就是下个房间的号码了。”海星一头雾水，看了半天也没有看出门道。

“你别光自己解谜啊，也告诉告诉我嘛，我一点儿也看不懂。”海星噘了噘嘴。

程葵敲了一下她的额头：“你呀，一点儿也不用心想。电视里的景象灰蒙蒙的，只有地上的几个玩偶带了颜色，明显是指引玩家将注意力放在玩偶身上。联想到房间号，可以猜到是要寻找这几个玩偶对应的阿拉伯数字。玩偶的英文首字母按照顺序排列分别是‘D’‘M’和‘T’，因为‘T’对应着‘20’，而这里的房间号都是三位数，所以不可能这么简单。我想应该是按照手机上的拼音九键，那么这三个英文单词对照的就是‘368’。就是下一个房间的号码。”

海星完全傻眼，根本没有想到在短短两分钟内，程葵竟然在脑海里形成了这么缜密的推理。但她又很疑惑，为什么明明程葵逻辑清楚，却在陆与珩询问第一个房间号码原因时，只提到了“直觉”？

“那你刚刚为什么说是自己的直觉呢？”

“很简单啊，陆与珩说971时，我正在看探险手册，这里面的房间，根本没有9打头的，那就只有一个可能了……”程葵顿了顿，“算我故意支开他们吧，我不太喜欢蒋辰，总觉得这个女生心机特别深。”

程葵话音刚落，门外突然传来一阵急促的脚步声，海星壮着胆子朝门外看了看，隐约觉得那个背影有些像蒋辰。

“蒋辰？他们不是往反方向走了吗？”程葵纳闷道。

“是啊！”海星有些不安，“她……不会做什么坏事了吧？”

“别管他们了，只是个游戏而已，能出什么事？再说了，还有司机跟着他呢！”程葵宽慰道。

可是下一秒，司机也气喘吁吁地跑了过来：“你们看见……看见我家少爷了吗？”

“他不是跟你们在一起吗？”海星有些诧异。

“我还以为他来找你了呢！”司机焦急得直拍大腿，“这下可完了。”

原来，他们分开之后，陆与珩便将蒋辰骗到一个房间里，锁上门之后来找海星会合。谁知蒋辰几脚就将门踹开，径直追了出来。司机一不留神，就把人跟丢了。

“海星，你跟着司机去找一下陆与珩吧，我就不去了。”程葵犹豫了一下，“我想把谜题解开，不然我会难受死的。”海星了解程葵的性格，她现在正陷入解题的狂热当中，如果直接放弃，一定会特别遗憾，所以她没有勉强，只是嘱咐程葵小心，一会儿到出口处会合。

司机还在絮絮叨叨：“少爷现在病情还不稳定，如果出了什么意外，我怎么向夫人交代啊？”

海星宽慰道：“您别担心，我们顺着走廊找过去，这里毕竟是商场，空间也不会太大，一定能找到陆与珩的。”

然而走了一段路之后，她就意识到自己判断错了。这里太大了，大到像真的走在一幢废弃的医院里一样。正当海星不知所措时，突然听到一阵嘈杂的声音，似乎是从某扇门后面传出来的。

蒋辰已经沿着这条幽暗的走廊走了十分钟，却丝毫不见陆与珩的影子。一路上，好几个扮成鬼怪的工作人员试图跳出来吓她，反而被她不小心地撞到一边。

走廊尽头是一扇狭小的窗户，虽是布景，却格外逼真。从窗外延伸出昏暗的街道，乱糟糟的灌木丛旁只有几盏路灯亮着，用动物毛发做的黑猫玩偶蹲在灯下，目光灼灼，十分瘆人，像活过来一样。

“陆与珩！”蒋辰无计可施，只好大声喊他的名字，“你给我出来！总在背后给人下套算什么？”

并没有人回应她。

“你再不出来，我就去找海星，说你犯病性命攸关！”蒋辰故意刺激他，“她肯定特别着急，万一在来的路上被装鬼的工作人员吓到……”

提到海星，陆与珩果然中计，布景旁边的暗门瞬时被打开。蒋辰得意地走到他旁边抵住门板："你为什么把我关起来？"

"看你不顺眼，不行吗？"

陆与珩绷着脸，厌烦地推开她，可蒋辰却笑着扑过去重新黏在他身上："可是我看你顺眼耶！"

这样的肢体接触，对大大咧咧的蒋辰来说很平常，但搁在陆与珩身上，却引发他强烈的不适。他手足无措地倒退几步，却被身后的杂物绊到仰面摔倒在地。

暗房的门也在他们面前合上。

"你走开！"陆与珩好不容易脱身，径直越过蒋辰去开门，谁知无论他怎么用力，房门依旧紧紧关着。蒋辰幸灾乐祸的声音在他身后响起："别白费力气了，这个门明显是从外面开关的，你躲进来时就应该发现了啊！"

陆与珩的后背急出了一层汗，他跑到这里时，暗房的门确实不能关严，他也没多想，没想到自己倒下时用力拉了房门一下，竟然将它关上了。

"现在怎么办？打电话求救吧！"

"没有信号的！别白费力气了！"蒋辰坐在地上傻乐，丝毫没有半分焦急的模样，"何况，我觉得这样和你独处挺好的。"

陆与珩抽了抽嘴角，对蒋辰厚颜无耻的态度无可奈何。窗外有丝丝缕缕的光线照进来，他的脸陷在半明半暗之间，声音也沉了下来："蒋辰，你应该知道我讨厌你，不想见到你吧？

"一见到你，我就会想到自己差点儿死在你爸的手里，这么多年，我都不敢见光，也害怕与人正常交流，现在我刚有一点儿好转的迹象，所以……能不能请你离我远一点儿？"

蒋辰的笑容渐渐垮了下来："我爸是我爸，我是我。"

“我已经答应做证人了，你还想怎样？”陆与珩有些不耐烦。

“不想怎样啊……”蒋辰的声音不自觉地低下去，“只是想和你做个朋友……”

陆与珩不由得发出一声冷笑：“和我做朋友？难道不是想继续骗我的装备，蹭吃蹭喝？”

“我……”

“蒋辰，你别否认，你就是那样的人。”

蒋辰怔了一下，见陆与珩满脸厌恶，自嘲地笑了笑：“对，我就是那样的人，坑蒙拐骗，什么都会。”

她站起来，慢慢走到陆与珩面前，狡黠地看着他：“可是怎么办呢？你又甩不掉我。”

陆与珩气恼地后退一步，想离蒋辰那张令人讨厌的脸远一点儿，可是不知触发了什么机关，脚下的地板突然消失，而他们则一脚踩空，径直掉了下去。

“痛痛痛……”蒋辰龇牙咧嘴地挣扎起身，发现自己置身在阴暗的地下室，身下是一些废弃的海绵垫。

商场层高有限，作为密室的地下室，自然不可能建得太宽敞，她挣扎了半天，发现根本直不起身来。头顶的地板不知道什么时候又关上了，陆与珩急躁地伸手去推，却没起到任何作用。

“这里有题目。”蒋辰在地板的缝隙中找到一张字条，又发现了经过改装的电子密码锁，“我想只要找出答案，输入密码就可以出去了。”

“这个鬼地方怎么这么多题目？”陆与珩烦躁地踹着身下的海绵垫，“我又不是来考试的。”

字条上是一道数独题，以娱乐为主，难度不大，陆与珩支着手电筒，皱着眉头思索答案。突然，手电筒的光晃动了一下，随之熄灭。

“没电了！”他甩了甩手电筒，“蒋辰，你的呢？”

“我的在上面啊。摔下来之前，掉在地上了。”

陆与珩不说话了，令人窒息的黑暗从四面八方涌来。一开始，蒋辰还蛮开心的，觉得可以趁机捉弄他，哼了一会儿小曲之后，却逐渐发觉陆与珩有点儿不对劲。

“喂！你怎么了？”蒋辰晃了晃他的肩。

陆与珩蹲在地上，将脑袋埋进膝盖里，一动不动。时间一点一滴流淌过去，他全然不顾外界的声音，沉浸在自己的世界里。

蒋辰慌了，声音有些哽咽：“喂，你别吓我，这就是个游戏，只要按下求救器就结束了啊！”

“别按。”陆与珩猛地抬头，一把攥住她的手，“我不想丢人。”

“你哪里不舒服吗？”

“没有。”陆与珩揉了揉头发，“只是有点儿……害怕。”

骤然陷入无边的黑暗中，让他想起自己被绑架的那几天。那时，他被关在一间狭小的仓库里，仓库没有窗，日日夜夜都是无边的黑暗。那个男人偶尔进来一次，给他一些食物，他狼吞虎咽地吃却又不知怎么惹恼了男人。男人随手捡起地上的藤条打了下来。陆与珩趴在地上用双手护着脑袋，嘴里的食物还没咽下去，哽在喉咙里，只能发出呜呜的声音。

汩汩的鲜血顺着额头流到嘴巴里，他无法反抗，只能将混有鲜血的食物用力咽下去。他痛得全身发抖，却执拗地不肯说一句求饶的话。

陆与珩痛苦地颤抖着，蒋辰叹了口气，慢慢地挪过去，将他的头轻轻搁在自己的肩膀上。

大概是累极了，他闭上双眼，强行刹住了脑海中剧烈翻滚的记忆。

蒋辰一动不动地僵住，狭小又黑暗的空间里，她感受到少年渐渐平静下来的心跳声，以及他身上淡淡的古龙香水的味道。那是一种类似青橘的味道。

这样的他，让蒋辰想到了十年前在法院门口遇见的男孩。那时，她被母亲拖在身后，经过他身旁时，忍不住回头看了一眼。男孩穿着一套浅蓝色格纹西服，头发梳得一丝不苟，他抿着双唇，目光清冷地盯着法院门口的铁栅栏。

那是她第一次见到陆与珩。

十年后，她又遇见了他，他比从前更加高傲、敏感，可她却突然后悔了。她后悔在这十年里，自己像刺猬一样让身边的人遍体鳞伤，而她也在一片泥泞中挣扎，无法脱身。如果她将身上的刺悉数拔掉，是不是就可以让陆与珩接受她，和她成为朋友？

她刚想开口，头顶的地板被突然掀开，耀眼的灯光照了进来，让人无法睁开双眼。几乎是同时，陆与珩下意识地推开了她。

他眯着眼睛抬起头，映入眼帘的是司机和海星过于担忧的脸。

整个青木病院的灯都亮了，上百盏白炽灯发出仿若白昼的光。看来是有人发出了求救信号，提示有人遇险，主办方提前结束了游戏，并派人清场搜救。

“少爷，你没事吧？”司机焦急得都快要哭出来，“都怪我没有照顾好你。”

陆与珩直起身，双手撑住地板从地下室跳了出来。他看也没看蒋辰一眼，不高兴地责怪司机：“有什么大惊小怪的？是嫌我还不够丢人吗？”

说着，他转头看向海星：“刚才只是个意外，我一点儿都不害怕，真的。”海星刚想询问陆与珩情况，却被蒋辰打断。她不紧不慢地从地下室里爬上来，瞪了陆与珩一眼，冷冷地说：“说谎话不怕鼻子变长吗？忘恩负义！”

“你什么意思？你说谁忘恩负义呢？”陆与珩冲到蒋辰面前，用食指指着她，“你再说一遍！”

“说就说，你就是忘恩负义，刚刚也不知道是谁害怕地往我身边靠！”蒋辰幸灾乐祸地抱着双臂，言语里尽是奚落。

“你……”陆与珩被她气得说不出话来。

司机小心地走过去，附在陆与珩的耳边压低声音：“少爷，我刚才通知夫人了……”

话音未落，陆与珩像弹簧一样跳了起来：“什么？你怎么能告诉我妈呢？”

“我刚才吓得腿都软了，又迟迟找不到你，只能通知夫人了。”司机不停地道歉，但还是不忘补上最重要的一刀，“夫人已经到了，在外面等你。”

陆与珩阴沉着脸走在前面，其余的人跟在他身后，在白炽灯的照射下，走廊两旁的道具显得拙劣不堪，一点儿也不恐怖。出了鬼屋，海星发现，整个大厅只剩下几个坐在售票厅里休息的工作人员。不远处，商场负责人正弯着腰，向一位打扮华贵的女人小心而谦卑地解释着什么。

听到声音，女人撇下工作人员，慢慢地走了过来，海星这时才看清她的样子——

女人的五官精致得如仕女图里的人物一般清秀婉约，白皙的脸上完全没有岁月的痕迹。她将长发随意地绾在脑后，合体的淡紫色套装衬出她的高贵典雅，脚下的蕾丝高跟鞋又为她增添了一丝温柔。

虽然女人始终保持着得体的微笑，但海星还是能从她的眉眼间发现深深的担忧。

“珩珩，你没事吧？”女人走到陆与珩面前，心疼地蹲下身检查，“听说你在暗室里摔倒了？腿磕破了没有？”

“没有！没有！”陆与珩尴尬地别过脸，“妈，你不要小题大做啦！”

“你先让我看看。”女人执意地掀开他的裤腿，确认没有伤痕后才松一口气。她起身抚了抚头发，略带疲惫地道歉：“不好意思，让各位见笑了。我叫苏瑾，是陆与珩的妈妈，你们叫我苏阿姨就好了。”

海星点了点头，目光却追寻着刚刚从鬼屋走出来的程葵。程葵好似没有发现他们一样，径直走到门口的休息区坐了下来，低着头，一副心事重重的样子。

海星有些担心，刚想喊程葵过来却被苏瑾叫住。

“你是海星？”她绽开一个温柔的笑容，“珩珩经常和我提起你，多谢你帮我照顾他。”

“妈……你怎么自来熟啊？”陆与珩有些脸红，慌忙地制止了母亲的话头。苏瑾笑了笑，打量了一下四周，回头对他们说道：“我想请你们吃个夜宵，可以吗？”

海星想要拒绝，却怕不合礼数，默默地没有出声，而蒋辰正好奇地把玩着手里的一个玩偶，一副无所谓的样子。正当海星为难之际，陆与珩直接拒绝道：“妈，都这么晚了，她们该回家了！”

“不会耽误多少时间的，一会儿让司机送她们回去。”苏瑾温和地笑了笑，“我叫人从酒店送了夜宵过来，咱们就在这里吃吧。”

这里？海星疑惑地环顾了一下四周，青木病院的巡演结束了，工作人员开始着手清理道具，场面不免有些凌乱。苏瑾注意到海星的反应，招手叫来司机嘱咐了几句。司机走后，苏瑾向大家解释道："司机会去跟商场的经理协调一下，晚点儿再收拾，不用担心。"

见海星一脸不解，陆与珩漫不经心地说："这个商场是陆家的产业，他们听我妈的，所以你就别担心了。"

过了一会儿，有服务生将餐点放在了休息区的圆桌上。苏瑾招呼大家过去，海星走到程葵身边，见她垂着头，一脸失魂落魄的样子。

"你怎么了？"海星有些担忧，"是不舒服吗？"

程葵摇了摇头："没有，只是有些累。"

"都说了让你注意休息，天天那么拼命，身体吃不消了吧！"自从程葵准备去新加坡之后，便开启了"拼命三娘"的模式，每天都熬到凌晨两三点才睡觉。所以听到她说累，海星下意识地认为是她太过努力，却忽略了程葵眼里的恐慌和愧疚。

程葵点了点头，扯出一个无奈的笑容："嗯，知道了，你别担心了。"

"龙井水晶虾仁、香菇鸡仔煲、白灼小芥兰、蟹黄晶烧卖、薏米百合粥……都是节气菜，当夜宵再好不过了，你们尝一尝。"海星还想嘱咐程葵几句，却被苏瑾的声音打断。她微笑着站在桌前，简单地介绍着。

蓝白色调的骨瓷餐盘上水晶虾仁个大弹韧，芥兰苍翠新鲜，小点心精致可爱。这么多颜值极高的菜品散发着诱人的香气，海星不禁咽了咽口水，连肚子也"咕噜咕噜"地叫出声。

苏瑾笑了笑，招呼道："大家快过来吃点儿东西吧，海星，让你的朋友也吃点儿……"

"不了，我没啥胃口，你去吃吧，我在这里等你。"程葵摆了摆手，拒绝道。海星没有勉强，跟苏瑾说了一声，她笑了笑，没有介意。

蒋辰走到桌前，大大咧咧地伸手拿了一个烧卖："我不跟你客气啊，珩珩。"

陆与珩气急败坏地说："不准那么叫我！"

蒋辰得意地看他一眼，拿着烧卖往嘴里送，没想到蟹黄的汤汁太烫，她刚放到嘴里，就烫得倒吸一口冷气。热热的汤汁滴到她的手背上，蒋辰下意识地甩了甩手，却不小心碰到面前的餐盘。休息区的圆桌本就狭小，餐盘直接滑到地上摔成两半。

纵使蒋辰再乖张，也被突如其来的意外吓了一跳。

苏瑾倒是神色不惊，走到她面前拍了拍她的肩膀："不要紧张，没关系的。"

说着，她叫来司机，漫不经心地吩咐道："一会儿你把餐具送回酒店，顺便把费用赔给他们。"

司机毕恭毕敬："要开发票吗？"

苏瑾摇摇头，举起桌上另一只一模一样的餐盘，对着灯光看了一眼："大概……千元的样子，不必那么麻烦。"

一只餐盘要上千元？海星愕然地睁大眼睛，连蒋辰也觉得不可思议。苏瑾看出她们的心思，抽出手帕擦了擦手解释道："因为这是 NARUMI（鸣海）为酒店定制的特别款，会贵一些，你们不要往心里去。"

NARUMI 这个牌子，海星连字母都不知道怎么拼，更别提了解其中的价值了。可纵使迟钝如她，也隐隐约约地领悟到苏瑾执意留她们一起用餐的目的。

陆与珩生活所有的细枝末节，都是精致到无法挑剔的。以陆家的地位，苏瑾根本不必多说什么，只要让海星她们稍微涉足陆与珩的生活，便能明白自己隔山隔海的差距所在，从而自觉地离开。

海星慢吞吞地吃着点心，内心却翻江倒海般不舒服。她放下筷子，礼貌地说：“苏阿姨，我吃饱了。”

“我也饱了。”蒋辰附和道。

苏瑾站起来，瞅了瞅几乎没怎么动的餐点，笑着说道：“我开了车，正好送你们回家。”

苏瑾的车是一辆深蓝色的玛莎拉蒂，流线的形状异常漂亮。但每个人似乎都有心事，连一向最喜欢大惊小怪的蒋辰也沉默着。苏瑾将车平稳地行驶到澄景门口，蒋辰下了车，说了声“再见”便径直离开了。海星总觉得有什么不对，盯着澄景高中的大门出神，当苏瑾关好车窗准备离开时，她才意识到自己的单车还停在修车铺，可是现在已经很晚了，修车铺肯定关门了，看来明天只能步行上学了。

到了港英大楼楼下，车子刚刚停稳，海星道了谢便拉着程葵下了车。陆与珩跟在她们身后，絮絮叨叨地邀请海星参加下周的漫展。海星懒得理他，刚想拒绝，却听见了苏瑾的声音。

“海星，等一下！”苏瑾披着纯白色的披肩从车里出来，右手似乎还拎着一个小小的礼品袋，“我差点儿忘了，这是给你们准备的小礼物。”

她将袋子递给海星，突然想到了什么，抱歉地笑了笑：“你瞧我，还漏了一个！珩珩你去车里拿一下，是一个深蓝色的小袋子。”陆与珩不耐烦地“哦”了一声，还是听话地去拿。苏瑾转过头对海星说：“刚才那个女生走得急，忘了给她，改天你替我把礼物给她吧。”

初春的夜晚还是有些寒冷，海星不禁打了个冷战，手里的袋子好似有千斤重，她犹豫着想要拒绝，苏瑾却猜中了她的心思，宽慰道：“不要在意这些，我只是单纯地想感谢你们对珩珩的照顾，珩珩有你们这种朋友，是他的幸运。”

苏瑾的笑容温柔，可是却将“朋友”二字咬得很重。海星愣了一会儿，突然就明白了她的举动。

“苏阿姨，我明白你的意思。”海星向来敏感，虽然脑袋笨，却能从苏瑾的话里知道她想说什么。

苏瑾静静地站着，久久没有说话。她是担心陆与珩，却也看到了他的变化。之前，他绝不会去人多的地方，也不会配合医生治疗。可是后来，她渐渐发现陆与珩似乎变了很多，从司机的口中，她知道他的改变都是因为眼前的女生。

远远地，陆与珩拿着一个小小的礼品袋走过来，暗夜里， 他咧着嘴笑得很开心，身上的白衬衣如旗帜一般招摇，拿着礼物的手尴尬地僵在半空，有些滑稽。苏瑾的心骤然痛了一下，她注视着儿子的身影，表情有些凄惶：“原谅如此自私的我，身为母亲，我宁愿他待在那间房子里，起码他能一辈子平安无事。可我又清楚地知道，那样会害了他……”

陆与珩走近了，苏瑾自觉噤了声，剩下的话哽在喉咙里。

“你什么时候复赛？我好去给你加油。”他将袋子递给海星，一边跟她约定。

海星看了他一眼，没有回答。

陆与珩虽不在意，却还有话想要说，谁知他还未开口，苏瑾便不着痕迹地转移了话题：“好啦，好啦，这么晚了，你就让她们早点儿回去休息吧，有什么事明天再说。”

“也对！海星，那你们早点儿休息，我先走了。”陆与珩挥了挥手，上了车却还犹自不舍地嘱咐道，“海星，别忘了告诉我复赛的时间啊！”

海星没有理他，转身往楼里走。程葵立在她身后，一直没说话。

海星对上她的视线，发现她脸色苍白，神情萎靡。

“程葵！”海星一惊，连忙伸手摸了摸她的额头，“你今晚很不对劲，是不是病了？”

程葵轻轻地拂开她的手，有些痛苦地说：“嗯，我确实不太舒服，要请假几天，等你参加完比赛……我有些事情想要告诉你。”

她的语气有些凄凉，似乎在心里做了一个决定。

复赛的日子很快就到了。一大早，程葵特意等在门口给海星打气。距离她上次生病已经过了好几天，海星一开始还担心她的情况，后来见程葵一点儿事没有，反倒比从前更加开朗，这才放下心来。不过，程葵一直没有说那晚想要告诉她的事情，海星追问了两次，程葵都说要等她参加完比赛再告诉她，海星想也许是要给她准备惊喜，索性不再多问。

“苏阿姨上次送的礼物，你看了没有？是很贵重的首饰耶，你今天正好可以戴上，艳压群芳！”程葵晃了晃手臂，镶满水钻的手链在阳光下发出耀眼的光芒，“好看吧？你赶紧去打扮一下吧，不要再像上次那样穿条牛仔裤了。”

提到苏瑾，海星又想起那晚她说的话，心里突然失落起来。程葵将她的情绪看在眼里，安慰道：“你不要多想，她也是为陆与珩考虑。”

“嗯。”海星点了点头。

程葵离开之后，海星回到卧室，从抽屉里拿出上次苏瑾送的礼物，和程葵的手链不同，绸缎面的盒子里是两枚小小的珍珠耳钉。淡粉色的珍珠泛着典雅的光泽，周围是一圈闪着亮光的碎钻，海星对着镜子比了比，便放了下来。

她虽然打了耳洞，却不想戴如此贵重的首饰，即使再好看，她都不愿戴。像是赌气般，她将盒子放到了衣柜的底层，想了想，又往里推了推。

正当她对着镜子练习表情时，丁梅走了进来："你比赛结束就早点儿回来，我们今天要搬家了。"

海星整理衣领的手顿了一下，诧异道："这么快？"

丁梅点点头："我已经把那边收拾得差不多了，今天咱们抓紧时间搬过去吧，早点儿心安。"说完，她便转身离开。

海星不免有些失落："妈，我今天比赛哎，你都不问问我准备得怎么样？"

丁梅回过头，脸上的笑容略显苦涩："海星，妈妈一直不希望你走这条路。"

"为什么？"海星有些意外。

"这个行业太难了，你一个女孩子以后要经历很多磨难，妈妈只希望你能安稳地度过一生。"丁梅的眼眶有些湿润，"对不起，海星，我是不是太自私了？"

"没有。"海星努力挤出一个笑容，抱住了她，"我知道你是为我好，不过我还是想努力去试一次。妈，你要相信我。"

丁梅的身体顿了一下，轻轻地拍着海星的后背："海星，你长大了，有自己的想法了。妈妈……为你感到高兴。"她擦了擦眼角的泪，"好了，你赶紧出发吧，妈妈在家等你。"

丁梅离开后，海星稍微平复了一下情绪，便急忙赶往比赛场地。

复赛要比初赛正规得多，电视台特意批了能容纳三百人的演播室作为复赛场地，有不少云浅市的高中生趁着周末来现场观赛。Ariel 笑吟吟地将号码牌别在海星的腰间："你们澄景的学生真厉害，一个都不少地进了复赛。"说着，她笑着冲海星身后的人打了声招呼，"哎，你领到号码牌了吗？我帮你别上。"

海星扭过头，正对上卢贝贝平静的视线。她依旧穿着初赛时的服装。只是多别了一枚珍珠发卡，在银白光辉的映衬下，她的脸显得越发清瘦。

她走到海星身边，配合 Ariel 佩戴号码牌，声音略微沙哑："海星，你妈来过了，送了一些钱，看来你们领到拆迁款了。"

海星怔了一下，没料到母亲将事情瞒得这么好。她瞥见卢贝贝明显疲惫的眼神，心里涌现出一丝愧疚，虽说她相信父亲是清白的，但是卢俊出现意外多多少少与她家有关。

"贝贝，对不起，我应该再去探望一下的。"

"算了，看你妈那个样子，就知道你们也挺难的。"卢贝贝仿佛长大很多，轻轻叹了口气，"我现在真心希望一切都是误会，毕竟，恨一个人的感觉实在是太累了。"

卢贝贝姗姗来迟的宽容，令海星无所适从起来，她犹豫着要如何开口，卢贝贝却接着说道："我爸出事后，没过多久就发生了奇怪的事，我跟顾循提了一下，他竟然很感兴趣，经常向我打听，应该也是为了你吧。"

为了她？海星愣了一下，随即自嘲地笑了笑，但还是忍不住问道："奇怪的事？"

卢贝贝沉吟一下，点了点头："嗯，不过在真相大白之前，我不能告诉别人。这也是顾循和我的约定。"

他们之间的约定？海星的心突然痛了一下，却没有追问。

穿过狭长的走廊，拐一个弯就是演播室的后台通道。选手们都在通道旁的化妆室里等待着，化完妆之后，便是抽签分组，然后逐

一上台进行新闻播报。新闻播报的难度并不大，虽是随机分配，但每条新闻几乎没什么实质上的区别，对于在校园电视台扎扎实实学习了几年的女孩们来说，这样的新闻播报就跟日常报道一样信手拈来。

候场的间隙，女孩们凑在化妆间里嘻嘻哈哈地聊着天。

“你们猜，为什么比赛的评委大多是云浅大学的老师？”田璐扬扬得意地挑了挑眉，一副做作的模样着实夸张。海星最受不了她这个样子，虽然田璐和她是同一天进的校园电视台，却明里暗里给她使了不少绊子，不是打小报告，就是抢她的出镜机会，不过后来田璐被调到了剪辑部，也就消停了。

周围的人都在忙着自己的事情，根本无心听八卦，田璐的面子过不去，兀自抬高了声音：“据说是云浅大学想选一些好苗子进行自主招生。”

“自主招生？”一个身穿白色连衣裙的女生被吸引过来，“云大的法学院院长、艺术表演学院院长、新闻传播学院院长……哇，差不多都来了！这个消息是真的吗？”

虽然云浅大学并不如清北那样光彩熠熠，但就整个南方地区来说，底蕴也颇为深厚，历年来从没跌出全国前十的位置。对于成绩不是那么拔尖而又向往名校的学生来说，云浅大学是一个不错的选择。或许是意识到这次比赛的重要性，气氛骤然沸腾起来。

田璐颇为得意地说：“当然是真的啦！最近几年云大极少出风头，所以想借着比赛挽回一点儿声势。但只有比赛的前三名才能有自主招生的机会，可以少考几十分耶。”

话音刚落，原本叽叽喳喳聚在一起讨论的女孩们顿时像霜打的茄子一样失落地发出一声长叹。

毕竟像顾循、程葵那样闭着眼睛都能考名校的学霸还是少数，更多人仍把云浅大学当作一个难以企及的目标。来参加复赛的选手们本以为能够得到这个机会，却没想到只有三个名额，心里不免有落差。

“海星！”田璐瞥见人群中的海星，立刻从化妆台上跳了下来，扯着裙摆几步跑到她面前，“你听说了吗？杜院长好像挺讨厌你耶。”

杜院长？海星愣了一下。

“杜清浅啦！你有印象没？”田璐喋喋不休地说，“上一场比赛，我在你之后进场，可能是我忘记敲门了，他们没有注意到我，还在争论你的成绩，杜院长说‘我觉得这个女生有些浮躁，她的能力没办法说服我’。”

“15号选手，准备上场！”海星还未反应过来，Ariel已经叫到她的名字。

“15号选手？海星？”Ariel见她有些出神，又叫了两遍，海星这才意识到，匆匆往演播室的方向赶。

演播室的正中央搭建了一个小型舞台，两侧是观众席。穿着深蓝色露肩礼服裙的主持人站在舞台的左侧，对着台下的评委们热情洋溢地讲着控场词，为选手们做好衔接。

“下面，让我们以热烈的掌声欢迎15号选手……”主持人的话音刚落，现场响起雷鸣般的掌声，海星深呼吸后，扬起自信的微笑走上台。

杜清浅穿着一套黑白相间的千鸟格连衣裙，短发别在耳后，正低头浏览着选手们的资料，听到主持人的声音，她抬起头，却在看到海星的那一刻不动声色地皱了皱眉。海星站在舞台正中央，数道光束直接打在她身上，令她有些晕眩。

“各位评委好，我叫海星，今年十六岁……”在短暂的紧张后，她的声音渐渐平稳。

“你的资料我们已经了解了，往下进行吧。”杜清浅打断她的介绍，“李院长，您有什么问题吗？”

一旁的男人推了推鼻梁上方的金框眼镜，头也不抬地问道：“嗯，我倒是想知道这位选手对抢新闻的理解。”

题目非常空泛，不好回答，李院长明显没有因为她是澄景的学生而手下留情。听别的选手提起过，这位外表和蔼的云浅大学新闻传播学院院长李松为人正直、要求严苛，提出的题目看起来简单易懂，却很难回答。

海星思考了一会儿，深吸一口气，缓缓开口：“在我看来，抢新闻主要是指抢占时机。现在各大媒体竞争很激烈，一旦发生事件，为了效益或者各种考量，许多记者都希望能抢到第一手报道，甚至为了吸人眼球，不惜用旁门左道套取信息，曲解采访对象的本意……这些急躁的媒体人，会导致读者根本没机会弄清真相，就先入为主地为新闻主人公判了罪责，这是非常不公平的。”

李松皱了皱眉，似乎觉得海星的回答带有强烈的主观色彩，刚想继续追问，却被杜清浅打断：“李院长，这个问题是不是有些深奥了，似乎不太适合今天的比赛？”

李松抱歉地笑了笑：“各科各业不分家嘛！多了解一些总归是好的，比赛考查的也是学生的综合素质，选手涉猎应该广泛一点儿。”

说完，他耸了耸肩：“杜院长，我问完了，您问吧。”

杜清浅点了点头，看向台上的海星，微笑着说：“每一个来参加比赛的选手都有各自的原因，有的只是为了得到奖金，有的希望得到去电视台实习的机会。所以，我想问问你，你来这里的初衷是什么？”

初衷？海星怔了一下，一时间不知该如何回答。她记得自己最开始是想赢得比赛拿到奖金给父亲请律师，后来却渐渐地想离自己的梦想近一点儿，再近一点儿，哪怕没有得到冠军，她也是开心的。

“我只是想离自己的梦想再近一点儿。”

“梦想？”杜清浅挑了挑眉。

“对，我想做一个优秀的主持人。”海星坚定地说。

“你在学校的成绩如何？”杜清浅温柔地笑了笑，“要实现梦想，得有成绩作为保障，不然以后怎么考好大学，选择心仪的专业呢？”

海星顿时语塞，因为她的成绩实在上不了台面。现场的气氛顿时变得尴尬起来，一旁的主持人正想着要如何解围，李院长却先出面道：“杜院长，您这个问题可比我的‘深奥’多了！如果海星的成绩特别优秀，那后面的选手岂不压力更大，还怎么专心比赛呢？就算她成绩很差，一旦如实相告，后面的选手万一轻敌怎么办？所以，您就不要难为小姑娘了，她怎么回答都是不完美的。”

李松笑得和蔼，语速也很慢，三言两语化解了尴尬的气氛。杜清浅也不介意，淡淡地说：“还是李院长想得周到，好吧，我没什么要问的了，其他的评委还有问题吗？”

“那我再问一个吧。”李松笑吟吟地望着海星，“如果有一天你做不了主持人，会不会考虑记者这个行业呢？”

“其实，我并不知道自己会不会考虑记者这个行业……也许会，也许不会，原谅我没办法给您一个肯定的答案。”海星犹豫了很久，还是说出了自己内心的想法。

李松怔了一下，似乎没有料到海星的答案。

“海星同学，你很真实，我很欣赏你。”他冲主持人点了点头，

“我的问题问完了。”

演播室响起了中场休息的音乐，海星自觉地退场，回到化妆间后，刚想喝口水休息一下，田璐就凑了过来：“怎么样？杜清浅有没有刁难你？”

“刁难？不会呀！”海星一边接水，一边回答。

“不可能啊，明明杜清浅那么讨厌你，你又和顾循走得那么近……”田璐有些怀疑。

“等一下，我和顾循走得近和杜院长有什么关系？”海星正在接水的手僵在半空，突然意识到了问题，“杜院长难道是顾循的母亲？”

“是啊！难道你不知道吗？不过，她其实没必要这样针对你。”田璐幸灾乐祸地说，“顾循已经报名参加‘未来计划’了，下学期就要去美国了。学校刚刚公示出来了，喏，你看！”

她将手机递给海星，海星只瞥了一眼，就在“未来计划”人员名单上看到了顾循的名字。突如其来的失落感将她淹没。

原来，他还是要抛下她呀！

两个小时过后，选手们比赛完毕，聚在化妆间等结果。海星静静地坐着，耳朵里还在嗡嗡作响，程葵和顾循，曾经带给她温暖的两个人，都要离开了。而她却无法挽留，甚至无力去追赶他们的脚步。

主持人在前台和观众互动热场，Ariel 匆匆跑进来，让大家准备上台。得知要公布成绩，还在聊天的选手都严肃起来，海星跟在最后面，默默地走上台。

舞台的灯光还是那样刺眼，好在这一次，她站在了最后。

“我们会根据选手的成绩选出前八名进入决赛，冠军不仅会获得丰厚的奖金，还将拥有到云浅电视台实习的机会，参加《看法》栏目的录制……”主持人将规则说得一清二楚，“为了保证比赛的公正公开，接下来，有请云浅市公证处的工作人员公布复赛成绩……”

选手们屏住呼吸，将目光投向舞台一侧的公证席。公证员缓缓起身，面带笑容地宣布着复赛成绩：“综合各位选手的表现，最终进入决赛的前八名选手分别是陈静羽、卢贝贝、田璐……以及第八名海星。”

结果公布后，场下一片哗然。陈静羽是澄景校园电视台的一员，今年刚参加完传媒大学的艺考，据说专业成绩全校第一，败给这样的对手，选手们心服口服。海星默默地站在一旁，听到自己进入决赛后，竟然没有想象中的开心，她平静地接受了这个结果，毕恭毕敬地跟着其他选手向台下鞠躬。

观众们纷纷起立鼓掌，评委退席，幕布在他们的头顶缓缓降落……

下了台，卢贝贝因为要去医院直接离开了，海星失魂落魄地坐在化妆间的沙发上，全然没有进入决赛的喜悦，她想不通为什么顾循连一点儿准备都不留给她，为什么一句话都不说就要离开。田璐凑到她身边，故作神秘地说：“看来杜院长还是对你手下留情了啊，没有因为自己的原因，故意拉低你的分数。”

见海星不理她，田璐自知没趣，冷哼一声跑到陈静羽身边：“静羽姐姐，我还没有恭喜你呢，你得第一名可是实至名归啊！不像某人，拼尽全力也只是第八名！”

话里讽刺的意味很明显，海星听得出来却不愿理睬，虽然这次澄景有四个人进入了决赛，但海星是最后一名，她不愿意看田璐高人一等的嘴脸，索性直接离开。谁知刚出门，就撞上迎面走来的杜清浅。

“海星？”杜清浅怔了一下，随即挑了挑眉，“正好我有事找你，你现在方便吗？”

海星心里一沉，她现在不想见任何与顾循有关的人，也不想听到有关他的消息。但碍于杜清浅长辈的身份，她还是沉默地点了点头。她跟在杜清浅身后来到评委休息室，其他的评委已经离开，只剩下她们两个人，休息室的门开着，周围还有来回走动的工作人员，杜清浅并不避讳，直截了当地开口道：“海星，我想你已经知道我的身份了，那我就不拐弯抹角了。我找你的目的很明确，是想让你离开顾循，永远不要出现在他面前。”

“你不要误会，我并不讨厌你，只是……”杜清浅斟酌着，海星内心却翻江倒海。

眼泪不争气地流了出来，海星用力地擦去，抬起头兀自打断她的话：“杜院长，您不要说了，我明白您的意思！”

有八卦的工作人员聚在休息室外面，窃窃私语的声音令海星心烦，她猛地推开门，不理会周围人诧异的表情，跑出了电视台。脸上的妆还没卸，决堤的眼泪稀里哗啦地涌出来，让她显得特别狼狈。

陆与珩等在门外，摆弄着特意准备的向日葵花束。复赛名单公布后，他立刻去花店买了花，准备为海星庆祝，可当他看到海星哭花了妆，从电视台跑出来时，吓得直接将向日葵扔到地上。

“海星！你怎么了？”陆与珩慌忙跑过去，大剌剌地用袖子给她擦着眼泪。

“你走开，我不想见到你！”海星猛地推开陆与珩，扯着嗓子吼道。陆与珩从来没见过她这样失态的样子，顿时手足无措。他站在原地一动不动，犹豫了很久才缓缓说道：“海星，你就那么讨厌我吗？”

他的声音里带着哽咽，海星突然就后悔了，她不该控制不住自己，把自己的情绪强加在陆与珩身上。可是，既然话都说出口了，再多的解释也于事无补。海星没有回答，默默地转身离开。

刚走出大门，一辆深棕色的越野车与她擦肩而过，车窗上映着熟悉的身影，她突然怔在原地。

顾循从后视镜里看到失魂落魄的海星，皱了皱眉，对司机说道："停车。"越野车停在路边，车门打开的一刹那，海星只想逃离。

"真巧。"顾循走到海星面前，淡淡地打了声招呼。因为是周末，他穿得很休闲，白色的T恤外松松垮垮地披着一件羊毛针织衫，露出两道好看的锁骨，清秀的脸庞在初春的阳光里显得非常温柔。

海星哭花了妆，狼狈得只想找个地洞钻进去。顾循看出她的窘迫，将兜里的手帕递给她："擦一下吧。"

海星盯着眼前的手帕，默默地摇了摇头："不必了。"

顾循的手顿了一下，收回手帕自嘲地笑了笑："今天我妈生日，我来接她去吃饭。"

"嗯。"海星沉默地点点头，不想多说，转头去喊陆与珩，"陆与珩，你送我回家吧，我想回家。"

眼下，只要有离开的办法，哪怕是刀山火海，海星都愿意去。陆与珩回过神，示意司机去开车。接着，他慢慢走到海星身边，低声说："海星，我们走吧。"

海星刚想离开，顾循又叫住了她："海星……我出国交流的事……你知道了吗？"

"嗯。"

"知道就好。"顾循的声音仍旧淡淡的，"本该我自己告诉你，一直以来太忙了。"

"不用的。"海星轻轻地笑了笑，语气却有些悲伤，"我又不是很重要的人，不用你亲自说的。"

顾循顿了一下，白皙的脸庞几近透明，而纳进心里的所有情绪，却变得模糊不清。他若无其事地说："那……再见了，海星。"

"再见，顾循。"

海星坐在车里，终于忍不住痛哭起来，内心的委屈和悲伤像开了闸的洪水，倾泻而出。陆与珩一脸惊恐，一张又一张地递纸巾给她。过了好一会儿，他看她哭得没那么厉害，才小心开口："海星，到底出什么事了？"

海星哭累了，不想回忆那些不愉快的经历，靠在车窗上避重就轻地说："名次不好，还和别的选手吵了一架，又被评委讽刺了。"

"这就是比赛的残酷啊！"陆与珩见海星不像是开玩笑的样子，绞尽脑汁地搜罗安慰她的话，"如果你现在就这么难过，那决赛怎么办啊？"

"决赛我不准备参加了。"

"啊？"陆与珩惊讶道，"这么严重吗？究竟出了什么事？"

"逗你的啦。"海星故意笑出了声，眼底却一片凄凉，"说，你是不是替我走后门了？复赛就两个评委问我问题，而且并不难，其余的评委都没有说话耶。"

"没有没有，绝对没有！"陆与珩松了一口气，不住地摇头，"我的确让王秘书去找电视台交涉，希望让你拿到冠军，但是电视台并不同意。"他拿出手机给海星看短信记录："你看，这是王秘书发给我的，这个比赛跟云浅大学有合作，电视台并没有全部的话语权，而且电视台最记恨走后门，为了这事我爸还把我臭骂一顿。"

看着海星将信将疑的样子，陆与珩又补充道：“不然，我把我爸骂我的话学一遍？我爸骂人语速很快的，轻易都学不来！”

陆与珩清了清嗓子，刚想开口就被海星打断：“行了，我信你还不行吗？我可不想听骂人的话。”

“你相信我就好，还难过吗？”

“不啦。”海星知道陆与珩在故意逗她开心，勉强扯出一个笑容，“先送我回家吧，今天我们搬家。”

陆与珩的语气欢快起来：“这才对嘛！不过你不用着急，我已经让王秘书派人帮阿姨把东西搬过去了。”说完，见海星神色有变，抬起手急忙补充道，“朋友之间，别跟我客气啊！”

“好吧，朋友。”海星举起手和他击掌，没有注意到他眼里的失落。

海星的新家在城市的西北角，虽然离市中心的距离远了一些，但环境很好，交通也比较便利，有直通澄景的班车。她坐在车里，打量着这片新建的安置房。几十栋矗立的崭新楼房，虽然密度颇高，但各项生活配套设施都很齐全，每栋楼下还有单独的店铺，政府照顾有实际困难的拆迁家庭，优先租了一间给海家。

“妈！”海星远远看见母亲擦拭着店铺的玻璃门，急忙下了车，连再见都没跟陆与珩说一声。

“少爷，那现在？”司机瞥见陆与珩一脸受伤的表情，有些不忍。

“回家吧。”他强忍住从身体各个角落席卷而来的难过，装作若无其事地说，“别告诉我妈今天的事。”

回去的路上，车子穿过热闹的市中心，渐渐驶入僻静的郊区。陆与珩失神地望着窗外一片又一片连绵起伏的树林从车旁掠过。车灯照亮狭窄的盘山公路，路途漫漫，仿佛永远没有尽头。

此时此刻，除了疲惫，他甚至没有了其他情绪。

曾经在无数个难眠的深夜，他躺在床上默默设想着去见她的理由，有时还会在被子里偷笑出声。因为海星，他渐渐不再那么害怕汹涌的人潮，不再刻薄刁难身边的人……他不知道这些努力和改变，海星看到了没有，即使她看到了，又能怎样呢？

毕竟有些事，并不是他努力就可以得到的。

海星连蹦带跳地跑到丁梅面前时，倒是把她吓了一跳：“你脸上怎么回事？妆怎么全花了？”

海星不想让母亲担心，只好瞎扯：“我太紧张了嘛，流了很多汗。”

好在丁梅并没有追问，敲了敲海星的额头：“快去洗洗吧，跟花脸猫似的，不知道的还以为你哭过了呢。”

小小的餐馆分为两层，一层已经摆好了桌椅，整洁明亮的环境让人心情愉悦。最右侧的旋转楼梯直通楼上，二楼的空间很小，只是一个大开间，但外面有一大片露天阳台，可以晾晒衣服，也可以容纳客人。海星洗了把脸，换了身舒服的家居服下了楼。

丁梅正在擦拭柜台，见到海星头也没抬地说：“海星，以后我们住二楼。”

“咱们不是有安置房吗？为什么要住在餐馆里？”

“安置房我已经租出去了。咱们两个人，住楼上也够了，阳台还能晾衣服，挺方便的。”丁梅犹豫了一下，接着说，“等你上了大学，要用钱的地方就更多了，拆迁款还要留着给你爸爸请律师……”

“知道啦，住二楼也没什么不好的！”海星拿起一个苹果，开心地咬了一口，“日子都是越过越好的不是吗？反正只要和妈妈在一起，我就很开心。”

“你这孩子，惯会哄我开心。”丁梅笑了笑，放下手里的抹布，

“对了，还没问你比赛结果呢。”

“当然是进决赛啦！我这么优秀！”海星嘚瑟的语气逗得丁梅哈哈大笑。正当她们笑作一团时，门外突然闯进一个身影，径直向海星扑了过来。

“蒋辰！你又搞什么鬼？”海星想要推开她，可是蒋辰几乎整个人挂在了她身上，她失败了几次只好作罢，“有话就说，要不然我叫人把你撵走了！”

“别别别。”蒋辰的声音里带着哭腔，却听话地松开手，“我跟我妈闹翻了，没地方去了！”

“你没地方去和我有什么关系？”

“我想你收留我一天！”蒋辰抬起头，眼睛红红地看着她，“难道你要赶我走吗？”

“海星，既然你朋友来了，就一起吃个饭吧。”丁梅笑着说道，随后转头进了厨房。海星叹一口气，终究狠不下心：“好吧，说好了，我只收留你一天。”

趁着丁梅做晚饭的空隙，海星将开间收拾出来。还没来得及买床，只能凑合着打地铺。蒋辰坐在地板上环顾一周，伸了个懒腰：“终于清静了！不用再听蒋望舒打游戏的声音了！”

“你为什么和你妈闹翻啊？”海星凑到她身边，好奇地问。

“哪有那么多为什么？就是吵架了啊，我妈让我滚，然后我就滚出来了。”蒋辰无所谓地笑了笑，却也不想继续这个话题，“对了，你那个朋友呢？就是有些神经质的那个女生。”

“神经质？”海星皱了皱眉，“程葵吗？她才不神经质呢！她成绩很好的，最近忙着考雅思。”

“咦？”蒋辰夸张地指了指脑袋，“我真觉得她这里有问题。”

“你不要乱说！”

“真的！你知道上次她是怎么出鬼屋的吗？”蒋辰嗤笑一声，“是被人抬出来的！”

海星睁大眼睛，匪夷所思地盯着她，根本不相信她的话。

蒋辰凑到她身边，神神秘秘地说：“我是听那些工作人员说的，她已经闯到最后一关了，幸存者其实就是个挂在房顶的布娃娃，她探身去拿的时候，忽然脸色巨变，一动不动，还是潜伏在旁边的工作人员发现她脸色很差，慌忙叫人将她抬了出去。”

蒋辰说得有鼻子有眼，海星想了想，替程葵辩解：“可能是她最近太累了，所以那天有些反常。”

“或许吧。”蒋辰无所谓地耸耸肩，接着趴在楼梯上冲楼下大喊，“阿姨！我饿了！饭做好了没有呀？”

丁梅倒是很喜欢像蒋辰这样大大咧咧的女孩子，甚至把前仇旧恨都抛诸脑后，特意多加了几个菜。她一边给蒋辰夹菜，一边对海星说：“蒋辰是个好孩子，上次我拿着拆迁款去看她弟弟时，她只要了一些合理的医药费，你以后不要再对她有意见了。”

“妈，这事你咋没告诉我呢？”海星嗔怪道。

“你不是在准备比赛吗？我不想让你分心。”丁梅替海星盛了一碗米饭，“还有啊，别以为妈妈不知道，你不要招惹那些不良少年啊！”

“不良少年？”蒋辰“扑哧”笑出了声，“阿姨，你在说谁啊？”

“我也不知道那孩子叫什么，只记得上次过年时，他穿了皮草大衣来找海星。小小年纪就穿皮草大衣，这么不知道节俭。”丁梅絮絮叨叨地指责着陆与珩，抬起头时却见海星憋着笑，脸涨得通红。

“妈，好啦。他不是不良少年，他叫陆与珩，是我的朋友。而且那衣服是他妈逼他穿的。”海星宽慰道，“你不要担心啦。”

“是！阿姨，我可以做证，陆与珩不是问题少年，就是有点儿缺心眼！哈哈哈！”蒋辰捧着肚子笑得开心。

丁梅嗔怪地瞪了她一眼：“你这孩子……”

吃过晚饭，天色渐渐暗了下来，远处的天边还残留着几抹水红色的晚霞。街道上车流如织，鸣笛声响成一片，空气中若隐若现飘浮着几分寒意，海星趴在阳台的栏杆上，用双臂抱紧了自己。

蒋辰趿拉着拖鞋凑到她身边：“海星，我们来玩真心话大冒险吧！”

“没心情。”海星想也不想就拒绝了。

“玩吧，闲着也是闲着。”蒋辰死皮赖脸地把她拽回房间，盘腿坐在地上，“你是选真心话，还是选大冒险？”

“为什么要玩这个啊？好无聊耶！”海星皱了皱眉。

“啧啧啧，你看看你，皱着眉，脸上分明写着‘心事重重’几个大字，再不发泄出来，你就会变成老太婆了。”蒋辰冷哼一声，“你要是不答应我，今晚就别想睡了！”

“好吧好吧，只玩一次。”蒋辰不达目的不罢休，海星只好敷衍着答应，“怎么玩？”

“嗯……”蒋辰想了一下，狡黠地笑了笑，“咱们就猜一下一会儿走进小区的是男人还是女人吧！”

“啊？这么随意？”海星有些摸不着头脑，刚想拒绝，蒋辰解释道：“什么事都要按照具体的规矩来，得多无趣啊！就随意一点儿吧。”

说着，她拉起海星走到阳台旁，盯着小区的大门，莫名认真的表情有些滑稽。夜很深，一般都是加班族在这个时间点回来，是男是女她们无从知晓，海星全凭自己的直觉，随意地选择了女生，蒋辰则选择了男生。没过一会儿，她们瞥见一个阿姨拎着菜篮子往小区走，海星刚想松口气，阿姨却在刚要踏入小区门口时，一个急转头又匆匆离开了。

几分钟后，一个打着饱嗝的中年大叔走进了小区……

“我赢了！”蒋辰打了个响指，不由分说地将手机塞到她手里，“说吧，选真心话还是大冒险？”

“大冒险吧。”她才不想把自己的真心话讲给蒋辰听。

“好吧。”蒋辰似乎早就料到了海星的选择，眉宇间的笑意更深了，“那你现在立刻给陆与珩打电话！”

“搞了半天，你只是想让我给陆与珩打电话啊！你自己为什么不打？这么拐弯抹角，好无聊！”海星突然反应过来，有些生气，别过头不再理她。

“愿赌服输。再说了，陆与珩听到我的声音直接就挂电话。”蒋辰执拗地看着她，眼睛深处有微光闪动，“帮我问几件事。”

蒋辰拿过手机拨通了陆与珩的电话，只响了一声，那边就接通了。

“海星？你找我有什么事？”陆与珩的声音很惊喜，蒋辰将手机递给她，海星犹豫着要不要接，陆与珩的声音又传了过来，“你怎么不说话？出什么事了吗？”因为开了免提，他的声音格外清晰，海星甚至能听到他焦急穿鞋的声音。

“没事，就是想问你一些事。”海星瞪了蒋辰一眼，不情愿地接过手机。

“啊，你没事就好，你不说话，我还以为你出事了呢。”陆与珩好像又躺回了大床上，声音也放松下来，“有什么想问的？我保证知无不言，言无不尽！”

蒋辰迅速在自己的手机上打好字，递到她眼前示意她读出来。

“陆与珩，你是不是一直都知道绑架你的人是谁？”海星无奈地念出来。

“怎么突然问这个？”陆与珩明显有些吃惊。

“嗯，就是随便问问。”海星一字一句地读着蒋辰手机上的提示，声音有些刻板，但陆与珩却丝毫没有察觉。

陆与珩沉吟一会儿：“海星，我只是猜测而已。”

“猜测？”

“嗯。”他的声音很犹疑，“万一我的猜测是真的，那么……”

“怎样？”

那边静了很久，最后，陆与珩轻声说：“我会崩溃。”

蒋辰还想追问下去，陆与珩不愿再提这件事：“好啦好啦，不要问了，再问这件事，我就要挂电话了哦。”

话音刚落，蒋辰打字的手就停了下来，海星无奈地耸了耸肩，示意她换个话题。蒋辰歪着头想了想，在手机上重新打出一行字。

“陆与珩，你觉得……蒋辰怎么样？”海星撇了撇嘴。

似乎不想听到蒋辰的名字，陆与珩瞬间就从低沉的情绪里跳出来：“蒋辰？那个神经质女生？想起她我就头疼……”

“你确定？”

“我确定。海星，能不能别提那个疯子了？”

蒋辰气得直跳脚，果断伸出手按掉了通话。

“啊啊啊……他怎么这么可恶？”

蒋辰冲着窗外大喊，眼底也起了一层雾气，“说我神经质？陆与珩你就是个大白痴！”

喊过之后，蒋辰靠在栏杆上喘着气，酣畅淋漓的感觉让她觉得整个人都轻松起来。

海星躺在被子里，睡眼惺忪地看着蒋辰放肆的笑容，渐渐地，她的笑容越来越模糊，直至消失不见……

窗外是流动的夜色，无数盏路灯弥漫成一片绚丽的灯海，有晚归的人聚在斑马线的一端等着绿灯。这个城市有那么多人，如果有心消失，便会似水滴一样蒸发得无影无踪。

蒋辰背起书包，眼里映着窗外的灯海，闪闪发光。她望着睡得香甜的海星，悄悄地说：“再见，海星。”

她说了那么多次再见，却没想到这次的再见，却是永别。

第七章 我就在这里等你吧

罗伯特倒在地上，不能动弹。

小女孩哭着说：『都怪我，教会了你编花环。』

罗伯特紧紧抓住花朵，递到她的眼前。

『虽然还是听不懂你的话，但是你让我的人生有了意义，这是多么重要啊！』他说着，轻轻闭上了眼睛。

『yongyuan xihuan。』

这一次，小女孩听懂了罗伯特的话。永远喜欢你。

『我也是啊！』她流着泪，温柔地对他说。

“妈！蒋辰走了？苏阿姨送的礼物我还没给她呢。”海星揉搓着睡得乱糟糟的头发下了楼。

闹钟响的时候，她整个人还陷在梦境里，惬意地翻了个身，却发现身旁空空如也。她猛地惊醒，发现蒋辰早已离开。

丁梅正在准备午饭，瞥见迷迷糊糊的海星，当下用饭铲敲了一下她的脑袋：“都几点了？今天不是决赛吗？你怎么还在家？”

“决……决赛？”海星突然清醒过来，扭头看了看墙上的日历，“星期日！复赛之后，直接决赛！我竟然给忘了。”

海星猛拍了一下额头，慌忙跑上楼，胡乱地洗漱完穿好衣服，顺手拎起丁梅给她准备的早餐就出了门。

天气很好，湛蓝的天空飘浮着丝丝缕缕如棉花糖一般的云朵，街道旁栽了一排柳树，空气中飘荡着温暖湿润的花草香。

海星无暇顾及这些，闷着头往公交车站的方向跑。突然，只听“啪”的一声，有老人绊倒在她的面前，背着的东西散落一地。老人跌坐在地上，两手勉强撑住身体，沟壑纵横的脸上双眼深深凹陷，痛苦地呻吟着。

“周大爷？”海星吓一大跳，急忙跑过去扶起他，“您摔得严不严重？用不用我送您去医院？”

周大爷摇摇头：“不用不用，不碍事。”

海星这才松一口气，将他慢慢地扶到路边的长椅上：“您小心点儿，走路不要着急。”说着，她打量了一下周大爷挎在胳膊上的行李包，“您这是要出远门吗？怎么拿这么多东西？”

“我去买菜。”

“买菜？”海星疑惑地扫了一眼，欲言又止。

“我老了，不愿意动，一次买上一个月的菜，不行啊？”周大爷莫名生起气来，挣脱海星。他往前快走了几步，突然停在路边大口大口喘着气，不一会儿便顺着身侧的树干慢慢滑了下去。

“周大爷！”海星刚放下的心又悬起来，急忙跑过去，“您别吓我，您到底哪里不舒服？”

周大爷面色铁青，但仍紧咬牙关没有回答。

“周叔叔不是也住这儿吗？您把电话给我，我打电话给他。”海星慌忙翻找着手机，左手突然被周大爷攥住。

“没用，别叫他，他早就嫌我活得太久了。”周大爷的额头沁出豆大的汗珠，捂住胸口痛苦地摇了摇头。

海星有些茫然，不知道眼下该怎么做，周大爷稍微缓过劲来，呼吸渐渐平稳，挣扎着挪到一旁的花坛旁坐下：“海星，能不能帮我买点儿吃的？我估计是低血糖犯了。”

“好好好。”海星赶紧把自己的早饭递给周大爷。

丁梅准备的早点很简单：两个鲜虾菜心的包子和一杯豆浆，周大爷来不及道谢直接狼吞虎咽吃起来，看样子饿了很久。

海星怕周大爷吃不饱，便提议道：“周大爷，您跟我去餐馆再吃一点儿吧，这豆浆也有些凉了。”

周大爷的表情顿了一下，突然捂着脸痛哭起来：“不了，我哪有脸见你妈啊？是我对不起你们啊！”

海星怔了一下，下意识地觉得周大爷的反应一定跟卢俊坠楼的事情有关，急忙追问道：“周大爷，您到底有什么事情瞒着我们？”

周大爷迟疑片刻，把心一横将事情和盘托出。

原来，他只是隐约看到卢俊站在平台边上，突然就掉了下去，海振国一门心思都在周大爷的安危上，哪有空去推卢俊？他将看到的全部告诉了自己的儿子，可他儿子不信，说他在编故事，还恐吓说警察会把他当作同谋抓进去。

周大爷被吓到了，但也没有昧着良心说是海振国亲手推了卢俊，但后来记者采访时，问了一些云里雾里的问题，他也就跟着云里雾里地答。新闻一登出来，周大爷直接傻眼，那些话他根本没说过！可这时他儿子又说前后证词不一样，警察也会怀疑，所以，他把心一横，索性照着新闻里的话咬死了说法。

说着说着，他已是老泪纵横："海星，我这一辈子没做过亏心事，就这件事，我真是对不起你们一家人。现在报应来了，我儿子骗我签了字，把我的钱和房子都占了去，也不给我饭吃，我每天只能捡些垃圾卖钱糊口啊！"说着，他将身旁的行李包打开，里面全是矿泉水瓶和废旧的衣服。

海星的心如坠入深谷，想指责周大爷自私，却在瞥见那一包的矿泉水瓶时放弃了："周大爷，事情还可以挽回，您只要出庭做证……"

"对对对，出庭做证！"周大爷抹了一把眼泪，"我已经错过一次了，不能再错了，我会找丁梅说清原因，请求她原谅。海星啊，你是个好孩子，是大爷对不起你！"

海星还想说什么，手机却在这时候响了起来，Ariel焦急的声音直接钻到海星的耳朵里："海星，我只给你半个小时的时间，你再不来，就会被取消比赛资格了。"

"对不起，对不起，马上就来！"海星挂断电话，扭头对周大爷说道，"周大爷，我有急事要先走了，拜托你一定要给我爸做证。"

"你放心，大爷说到做到。"

海星点点头，拎起书包就往公交车站跑，比赛已经进行到最后一步，无论输赢，她都不想中途放弃。

到了站台，正赶上公交车进站，她慌忙上了车，心里焦急地计算着时间，距离比赛开始还有半个小时，她必须尽快赶到。可是安置房和云浅电视台的方向南辕北辙，公交车需要横穿整个市中心，因为周末，刚进市中心就遇上了堵车。

海星听着窗外的鸣笛声，心烦意乱，眼前却仍旧是看不见尽头的车流，很明显，她已经赶不上比赛了。手机在这时响起来，想必又是 Ariel 来催。她看也没看就接起来，电话那头却传来陆与珩焦灼的声音："海星，我在现场，怎么没看见你啊？"

"我在 39 路公交车上……堵车了。"

"啊？那你现在到哪儿了？"

"日月大厦。"海星再次望向车窗外，车辆排成冗长的线，鸣笛声喧嚣一片，整个交通状况烂得一团糟。

"日月大厦？"陆与珩喃喃自语道，"离电视台不远了，你等我！"

说完，他就挂了电话，海星握着手机不知如何是好，心里不由得埋怨自己搞砸了比赛。但倘若今天的场景重新来过，她还是会做一样的选择。

公交车久久地停住，车内空气浑浊起来，有人不耐烦地扯着嗓子要求下车，司机担心会出意外，不肯开门，双方僵持着不肯让步。

海星对比赛结果已经认命，准备给 Ariel 发条短信道歉。她正低头编辑短信，耳旁突然传来"咚咚"的敲击声，抬起头，映入视线的便是陆与珩流着汗的脸："海星！我在这里！"他跨在单车上，单手扶住车把急得满头大汗，衬衣湿漉漉地贴在身上，随着胸膛剧烈起伏着。

司机制止陆与珩："别敲了，还没到站呢！不能开门！"

"不行，现在必须开门！我有急事！"陆与珩冲到车门处，试图用蛮力拉开车门，他咬紧牙关，豆大的汗珠顺着额头往下淌，车门仍旧纹丝不动。

“你这个孩子，怎么这么犟？得得得，我怕了你还不行吗？”司机无奈之下赶紧按下开门按钮，在车门打开的下一秒，陆与珩冲上来，抓起海星的手就往外跑。

“上车！”他跨上单车，回头招呼海星，“我们要抓紧时间了！”

单车灵活地穿行在停滞的车流里，速度太快，海星只能紧紧地抓住他的衣服。后背全部被汗水打湿，单薄的白色衬衣贴着少年精致的蝴蝶骨，凸显出他挺拔的身姿。

“陆与珩……”海星望着他倔强的背影，小声道，“其实我已经准备放弃了。”

陆与珩没说话，闷头向前冲。他没有告诉海星，这些年来，这是他第一次如此勇敢地出现在众目睽睽之下。他从来没有放弃过希望，那么，她也不可以放弃。

电视台很快就到了，海星跳下车，Ariel 正焦急地等在门口，见她终于到了，二话不说地把她推到后台的化妆间，按在椅子上：“海星，你运气好，倒数第二个上场。听我说，不要急，我们还有时间。”

来不及找化妆师，Ariel 亲自给她上妆，虽然不太熟练，但海星的脸本就精致，根本不需要过多修饰。

“好了。”她停住手，满意地端详着自己的作品，“可以上场了。”

决赛场地空前辉煌，电视台特批了可以容纳千人的场地。海星忐忑地走到舞台中央，瞬间被灯光笼罩。她屏住呼吸，控制住微微颤抖的双腿，以最快的速度，适应了这个光芒四射的舞台。

决赛的内容是新闻图片评述，选手会根据评委们随机提供的新闻图片进行自由发挥，讲述时间约为十分钟。在后台化妆时，Ariel

已经将决赛的规则告诉了她，海星沉住气，准备迎接最终的挑战。

身后的大屏幕亮了起来，海星听到观众们发出惊呼声，就连一向得体的主持人也有些慌乱。她轻咳一声：“下面，我们将时间交给海星，也请各位观众保持安静。”

海星深吸一口气，回过头。

屏幕是她熟悉得不能再熟悉的图片，这张图片曾在一段时间内反复出现在云浅市各大新闻媒体的头版头条，是某些人茶余饭后的谈资，也是某些人想要极力抹去的记忆。

图片里，海振国被两名警察反手押出港英大楼，灰白破败的背景里，他的脸上充满茫然、惶恐、不解……那些表情经镜头放大，显得格外摄人心魄。

杜清浅平静地坐在评委席的中央，似乎早已料到这种情况，嘴角勾起一抹玩味的笑意。海星仰着头，微微眯起眼睛，平静的脸上似乎没有一丝波澜。

“可以开始了吗？不会被吓到了吧？哈哈，害怕就下去吧！”有起哄者幸灾乐祸地笑起来。

海星回过头，提着裙摆向舞台一侧挪了挪，错开直面灯光的舞台中央。再抬起头时，平静的眼里仿佛盛满万亿颗星辰，赤诚而坚定。

“我知道，有很多人想看我的笑话，可是很抱歉，不能让你们如愿了。”海星向台下微微鞠躬，语气里却是不容置疑的倔强。

观众席发出小小的躁动。海星沉默着，等观众席重归平静之后，才缓缓说道：“照片里的主人公是我的父亲，感谢电视台的安排，让我有机会好好讲述一下父亲的案件。

“以这张照片为配图的新闻，出炉于我父亲案发后的第二天，记者不到二十四小时，就找到凶手写好了稿子，交给媒体去发布。

随后，无数媒体转载了这条新闻，我父亲也成了一个狮子大开口不成就恶意报复政府工作人员的刁民。

“而今天，我偶然遇见了这起案件里至关重要的证人，他告诉我，是记者从他嘴里套话，曲解了‘真相’——对某些记者来说，真相不再是事件的关注点，自身的情感趋势成为报道的主导因素。他们给了读者一个很好看、很有冲突的故事，却丝毫不在意这样的报道会不会伤害到无辜的人。

“那些记者，难道忘了职业操守？在追求新闻真实性的路上丢了初心，只在乎如何扩大影响、博得关注，而忽略了事实和真相！”海星的声音有些哽咽，她顿了一下，控制住自己的情绪，冲台下鞠了一躬：“对不起，是我偏离主题了。”

场下，凝滞片刻之后掌声雷动，闪光灯充斥了整个舞台。评委席上飞快亮出了分数，这一次，评委们无一例外地给出了非常残忍的分数。比赛毕竟是比赛，虽然海星的感情真挚，但规则不可逾越。

海星平静地接受了比赛的结果。她抬起头，挺直脊背，强忍住汹涌的泪意。

陆与珩坐在众人之中，微笑地望着她。

她的面色绯红，眼神真挚而坚定，映着万亿颗星辰的光辉，明亮得不可方物。这一刻，是她这些日子以来，最如释重负的一刻。她好似完全褪去了过去的旧壳，变得骄傲、自信、光彩熠熠。

因为她终于找到了真正的自己。

也帮助陆与珩找回了丢失已久的勇气。

澄县。

天气日渐回暖，澄县的人流明显多了起来，这里盛产药材，不少人租了土地，从春季驻守到秋季。

程葵背着硕大的书包，慢慢走进“澄县药房”。这间药房算是澄县名副其实的“大”药房，别处断货的药材，基本上都能在这里找到。柜台里一位须发皆白的老中医正在会诊，见到程葵，露出一个满是皱纹的笑容：“你来了？”

“嗯。”程葵点了点头。

“病人好点了吗？”

“不知道。”程葵低声道，“但我相信您的医术，我爷爷奶奶都说您是有名的神医，药到病除，您继续按之前的方子给我抓药吧。”

老中医摇了摇头：“你在我这儿抓药都半年了，病人一点儿反馈都没有，不能再按照之前的方子抓药了。”

程葵神色焦灼，探身进柜台，恳求道：“拜托您了。我实在是不方便……”

话没说完，身后便响起一个熟悉的声音：“不方便去问病人的现况？”

程葵无比愕然地回头，见顾循静静地站在她身后，居高临下地望着她。她条件反射地站起来往门外走，却被他一把拉住：“程葵，为什么我总能在澄县遇见你？”

“我来抓药，很奇怪吗？”程葵语气冷冷的，“我爸爸腿脚不好，常年吃药。”

“你爸的药需要从澄县的邮局寄回云浅市？”

“我不明白你在说什么。”

“我去邮局问过了，他们都记得你。澄县本来就小，你每次邮寄药材都要现场买纸箱打包，又不熟练，经常把药材撒得一地都是，卖纸箱的人对你印象很深刻。”顾循观察着她的表情，抛出致命一击，“你邮寄的对象，如果我没猜错的话，是卢俊吧？”

程葵猛地抬起头甩开顾循的手：“我为什么要寄药材给一个与我没有任何关系的人？我……”

“或许是因为内疚？”顾循打断她的话，直直地盯着她，“对卢俊，对海星，对更多因为你而被无辜牵扯的人……”

顾循言辞激烈，而程葵也在听到海星名字的一瞬间情绪失控。

“和我无关，我不是故意的！”说完，她才意识到问题，慌忙捂住嘴往门外跑。

“等一下！”顾循拦住她，“既然已经承认就不要逃避了，你这样偷偷摸摸地活在阴影里，我觉得不值得。程葵，你不是个坏人，这里面一定有误会。”

程葵含着眼泪，冷笑一声：“顾循，你不必说得这么冠冕堂皇，如果我承认了，海星她爸就没事了，你要的不就是这个结果吗？”她低下头，双手颤抖地摸着胳膊上星星点点的伤疤，那些伤疤看上去有些年头了，暗红色的痕迹显得有些狰狞。

“顾循，你这样的人，不会理解我的生活。我从小被我爸打到大，他喝醉了，就拿我出气，直到现在，我身上还是不断有新伤。这些，连海星都不知道。我不想一辈子蜗居在港英大楼里，我只想快点儿拆迁，领到补偿款开始新的生活。”

她的语气像结了冰一样寒冷：“可楼里的一些人不肯签字，想要更多的钱，我爸被蛊惑，也加入他们的阵营。在港英大楼的每一天，对我来说都是凌迟……”

“所以你想出了一个好办法。”顾循不动声色地替她继续说下去，“你把平台的一些水泥砖撬松了，万一被强风吹下去，就能制造危楼的氛围，大家也能快点儿签字。你没想到会有人在那里发生争执，而卢俊恰好踩在那块砖上……”

“即使卢俊不出事，砖块一旦掉下去，也可能有人遇险。”程葵轻轻笑了一下，好似根本没想获得谁的原谅，“是我太自私，或者说，已经走火入魔了。”

“可我唯一没想到的，就是会害了海星的父亲。他对我很好，以前交不起学费，都是他偷偷帮我交上，新闻铺天盖地地涌来，我实在没有勇气承认……是我太懦弱了，是我对不起海星。”程葵捂着胸口，痛苦地蹲在地上。

“程葵，现在，选择权在你手上。”

药房内安安静静，阴阴凉凉，一阵穿堂风吹过，药材独有的香气飘了过来，程葵深深吸了一口气，抬起头看了一眼墙上的时钟，突然如释重负地笑了：“再等等，等她比赛结束。”

顾循轻轻点头：“嗯，好。”

“你怎么没去现场？”

“为了来澄县等你。”顾循说，“每个月的这一天，你都会来，你很守时。”

程葵苦笑了一下，眼里闪着倔强的泪花：“可是，你为她做的这些，她会知道吗？”

顾循不置可否，没有回答。

药房外，春光明媚，万物复苏。草丛里几株小巧的蒲公英顶着白茸茸的羽冠，被风吹过，种子如飞絮一般散开，向四面八方飞去，各奔天涯。

顾循盯着那些四散的茸毛出神，许久才垂下眼眸，淡淡地说：“这些都不重要了，我明天的飞机，去北京。”

云浅机场。

天色阴沉，灰黑的云铺满天空，顾循拖着行李箱，站在落地窗前，注视着停机坪上无数飞机起起落落，在巨大的轰鸣声中，暂时放空了所有思绪。

广播里开始提醒登机，顾循回过神来，看了看时间，走到登机口将登机牌递给地勤人员。

“您是头等舱，可以走 VIP（会员）通道，这边请。”

顾循点点头，正要走进通道，谁知突然被人从身后扯住衣角。

“头等舱？还是 VIP 通道？”身后的人一惊一乍的，顾循皱着眉扭过头，发现竟是一张陌生的脸。他回忆了很久，才认出眼前的人：“蒋辰？”

蒋辰拉起自己的行李箱，毫不客气地推着顾循向前：“借你的光，不用排队了……”

顾循扯扯嘴角，懒得跟她计较。

上了飞机，顾循刚放好行李，身后又响起蒋辰甜到发腻的声音：“美女姐姐，你们头等舱的位置空着也是空着，就帮我升个舱嘛！我想跟我朋友坐在一起呢！”

故意卖萌的声音让顾循一头黑线，他懒得理会，自顾自地坐了下来。过了一会儿，她好像没了声音，顾循刚想松一口气，却感受到身侧熟悉的气息。

睁开眼，正对上蒋辰笑得谄媚的一张脸。

“好巧。”她凑近了跟他打招呼，“都说出门遇贵人，今天遇到你，真是一路好运气呢！”

顾循没搭话，不动声色地向窗口挪了挪。

蒋辰不放弃地继续追问：“你去北京干什么啊？”

“参加集训营。”顾循明显不愿意多说。

“哦，为下学期去美国做准备？”蒋辰恍然大悟道，“这个什么营要持续多久呀？”

“三个月。”

“哇，你要在北京待那么久？我可以找你玩吗？”蒋辰兴高采烈地打着如意算盘，“我去北京学点儿手艺，你要是在北京的话，咱们可以互相照应嘛！”

顾循对她的厚脸皮早有领教，转过身，不愿跟她扯皮：“我昨晚没睡好，现在要补觉了，你安静一点儿吧！”

蒋辰不屑地“嘁”了一声，不再说话。

顾循闭上眼睛，良久，真的没听到邻座发出任何动静，他反而有些诧异，不由得扭过头去看她一眼。

窗外，阳光万丈，光芒刺眼，蒋辰出神地望着空中那些被镶上金边的云朵，夸张地惊呼一声：“天边的那朵云，真像一颗心啊！”

听到身侧的响动，她自顾自地说：“顾循啊，看到那朵云，你心里会不会浮起一个人的影子？我还没飞离云浅市呢，就开始舍不得了。”

蒋辰说着，鼻子酸了起来：“怎么办？我可是打定主意永远不回来了呢。不，是不能回来，我要待在很远的地方，替他保守一个秘密，永远，永远不能让这个秘密伤害他。”

顾循匪夷所思地看着她，她落寞的神情，似乎带着一丝决绝。

他不由得想起第一次见到她的情景。

海星给的微信号，让他轻易在《星火燎原》里找到蒋辰的角色，因为了解了她的套路，顾循直接私聊她，问她有一笔交易，有没有合作的兴趣。

蒋辰自然是答应了。

他们约在精致的日料馆，顾循原本是想用一顿饭换回那些装备，谁知蒋辰胡吃海喝之后，抬头问他：“你和陆与珩什么关系？为什么要帮他讨装备？”

顾循怔了一下，没有回答，似乎并不想提到海星的名字。

蒋辰也不追问，将几片刺身塞进嘴里之后，拍了拍手：“装备呢，是不可能还的，能让他记得我，恨着我，也是件不容易的事。”

说完，她抬脚就走，走到门口时，又转过头说道：“这家日料不错，那个女生应该也喜欢，你下次可以带她来吃。”她似乎早就猜到了顾循的目的。

那是蒋辰给他的第一印象，聪明却也无赖，总有各种办法占尽便宜。但此时此刻，她莫名忧伤的脸，在阳光强烈的照射下，镀上一层金，晶莹得仿佛一触即碎。

顾循伸手拉下了遮光板，侧过身避开视线：“睡一会儿吧，醒来就到北京了。”

昏暗的空间里，蒋辰的声音仿佛在梦呓：“顾循，三个月之后，你会回来吗？”

顾循用毛毯严严实实盖住了自己，没有回答。

闭上眼，漆黑的视野里，好似有一颗星孤零零地悬在头顶，仿佛近在咫尺，触手可及。

可他永远猜不透的是，那最终会是谁的星光，又将装饰谁的天空。

所有的故事，或许已经结束，又或者即将开始。

—— 本季完 ——